JN121636

噴怨鬼

高橋克彦

文藝春秋

目次

初出　しんぶん赤旗日曜版　二〇二一年八月二二日号〜二〇二二年一〇月一六日号
（『是雄封鬼録』を改題）

噴怨鬼

装丁　芦澤泰偉
装画　七原しえ

予知夢

1

仁和(にんな)四年（八八八）の暮。

内裏(だいり)の陰陽寮(おんみょうりょう)に頭(かみ)として仕える弓削是雄(ゆげのこれお)が内裏からほど近い三条二坊の役宅にくたびれた顔で戻ったのは、もはや深更(しんこう)という刻限であった。この三月ばかりそういう忙しさがずっと続いている。

間近に迫った正月からは、光孝(こうこう)帝の崩御を受けて新たに践祚(せんそ)なされた宇多(うだ)天皇による寛平(かんぴょう)の世のはじまりとなる。

この時代、暦の作成ほど重きを置かれていたものはない。星の運行、天皇ご自身が生まれ持っておられる属星から導かれる吉凶、十二支(じゅうにし)との相関性などなどによって、その日その日の様相ががらりと変わる。ことに内裏に於ける重要行事日の選定間違いによっては国の命運が大きく傾きかねない。加えて新しき年号のはじまりとなればなおさらである。その大事な任のすべてを預けられているのが内裏の陰陽寮に属する「暦」と「天文」の部であり、頭の立場にある是雄が、たとえ役目違いであろうと抜けられぬのはこれまた当然のことと言えた。

「誰ぞの馬が繋がれております」

門内の暗がりに見知らぬそれを見付けて紀温史（きのあつし）は小首を傾げた。この夜更けだ。

温史は陰陽生（しょう）として是雄の直属の配下に当たり、この役宅に住み込んでいる。

そこにばたばたと足音を立てて郎党の甲子丸（きねまる）が現れた。待ちかねていた顔だ。

「小野春風（おののはるかぜ）さまにござりまする」

ほう、と口元を緩めた是雄だったが、

「この刻限、よほどの大事か」

「いえ。ごゆるりとお帰りをお待ちで」

それに是雄は頬を緩めた。小野春風は是雄が信頼している数少ない者の一人だ。是雄は数年前、陰陽寮から派遣されて陸奥（むつ）の鎮守府（ちんじゅふ）に二年ほど赴任していたのだが、春風はそこを纏（まと）める将軍として是雄の面倒をなにくれとなく見てくれていたのである。


「我（わ）が儘（まま）を言うて帰りを待たせて貰った」

顔を合わせるなり春風は頭を下げた。

是雄の方が恐縮した。内裏での階位は春風が上である。

「おなじ内裏の中。挨拶なら陰陽寮に出向くのがたやすいと思うていたが、これでこちらもなかなかに忙(せわ)しない。いつしか延び延びとなってしもうた。なればいっそのこと久方ぶりに酒でもと思いついてな。二人きりなら存分に話せる」

「こちらこそ失礼のほど、なにとぞお許しくださりませ。検非違使庁(けびいしちょう)とは持ちつ持たれつの仲。その別当に春風さまが着任召されたと聞き、早速にでもと思いつつ、新しき暦作りに振り回されており申した」

「陸奥の時代が懐かしく思える。そなたと飲んだ酒の旨さが忘れられぬ」

そこに甲子丸が酒を運んできた。

「相変わらずの暮らしに驚かされた」

春風は盃を手にして苦笑いしつつ、

「この広い館に郎党と配下との三人だけとは呆れると言うか、偉いと言うべきか」

「どうせ寝るだけの住まい。それにもう一人、陸奥から連れ帰った淡麻呂(あわまろ)も」

「おお、あの子供か。今も健勝であるか」

「いたって。頭の浮腫(ふしゅ)も今は半減し、背丈もだいぶ伸びてござります」

「そうか。それは重畳(ちょうじょう)。正直、永くは保たぬ身と案じていた。嬉しい話を聞かされた。あの子供の親たちもさぞかしそなたに感謝しておろう」

「感謝せねばならぬのはむしろ手前。淡麻呂のお陰で何度か命を救われてござる」

「はて。とは？」

「淡麻呂には神が宿っており申した。頭が人の倍にも膨らんでいたのはそのせい。病とは別。この世の先々を見通す目も神より授かっておりまする。いずれこの国を救う大きな力となってくれましょう」

「蝦夷(えみし)の子に神がのぅ」

信じられぬ顔で春風は大きく吐息した。

「起こして参りましょうか」

甲子丸が笑顔で是雄に質(ただ)した。

「春風さまが会いたいと仰せなれば」

「この時刻。気の毒であろう」

「なに、暇さえあればいつも寝ております。喜んで起きてまいりましょう」

甲子丸に春風も笑って頷(うなず)いた。

2

「あ、このおじちゃんだ」

淡麻呂は、春風の顔を見るなり喜んで手を叩いた。親しげに春風の側に座る。

「これ、失礼であるぞ」

困った顔で是雄は淡麻呂を叱った。

「だって一緒に旅をした仲間だ」

淡麻呂は遠慮なしに春風の膝に乗った。

「どこへの旅だ」

冷や冷やしながら是雄は訊いた。

「おいらの村。是雄も一緒だよ」

「胆沢鎮守府の側の村にか」

さすがの是雄も戸惑いを覚えた。今の身となってみれば陸奥はあまりに遠い。

「いつの話をしている？」

「知らない。でも芙蓉姉ちゃんや道隆も一緒だ。髑髏鬼も楽しそうにしてる」

「儂にはなにがなにやら」

春風は戸惑い半分で吐息した。初めて耳にする名ばかりである。髑髏鬼とやらに到っては見当もつかない。

「と言うことは、さほど遠くない日のことにござりましょうな」

「儂とそなた二人の勝手で都を離れることなどできまい。とても真の先行きとは思えぬ。あるとすればまた蝦夷たちの反乱か」

春風に是雄も暗い顔で頷いた。

「憂さ晴らしのつもりで訪ねたに、肝がひやりと凍えそうになったわ。先年の蝦夷の抗いは儂がなんとか収めたつもりで居た。数年も経ずしてまたの戦さとなれば国がどうなるか。間違いであって欲しいの」

「今のところ淡麻呂は我らが共に陸奥へ参ることになると言うただけ」

「髑髏鬼とは何者だ」

「名の通り鬼の眷属（けんぞく）にござる」

「そんな者までそなたは手下に」

さすがに春風は目を丸くした。

「なに、元々はさもない盗賊。たまたま死んで骨となってから怨念一つに凝り固まり甦ったに過ぎませぬ。その目でご覧になられればご納得いただけましょう」

「儂にもその鬼が見られるとな」

「我が儘な鬼で、稀代の酒好き。今も近くで酒の匂いに身悶（みもだ）えしており申そう」

笑って是雄は甲子丸に髑髏鬼を連れてくるよう命じた。


うーむ、と唸（うな）りながら春風は目の前に置かれた髑髏を凝視していた。見た目にはただの髑髏としか思えない。戦場を働き場とする武者にとっては見慣れたものだ。

「でへへへへ」

いきなり笑い声を発した髑髏に春風は思わず大きくのけ反った。是雄たちは必死に笑いを噛み殺している。

髑髏はそしてふわりと宙に浮いた。

春風は息を呑み込んで髑髏と対峙した。

「もちっと驚くと思うたに、やはり検非違使庁の別当だけある。怖くはないようだ」

「そなた、口が利けるばかりか空も飛べるのか」

春風は気を静めて髑髏鬼に質した。

「空くらい飛べねば是雄の役に立てぬ。まさか市中をごろごろと転がって動き回るわけにはいかんじゃろうに。うっかりすれば野良犬どもに嚙みつかれる心配とて」

得意そうに髑髏鬼はまた笑った。

「なにかと役立ちそうな配下じゃの」

春風はほとほと感心した顔で是雄に口にした。淡麻呂は喜んで手を叩いた。

「酒代が嵩むと甲子丸が嘆いており申す」

「飲んだ酒はどこに消える？」

春風は是雄に質した。髑髏ばかりの体では飲んだとて下に零れるばかりであろう。

「飲むのではなく、桶に注いだ酒の中にどっぷりと浸るので。さすればその酒が骨に染みこみ、骨が丈夫になるとか。とは言うものの、三日に一度は酒を入れ替えろと我が儘ばかり。見た通り大きな頭。かと言って髑髏鬼が浸かっていた酒を我らが飲むわけにも。捨てるしかありますまい」

「いかにも高くつきそうだ」

春風は大笑いした。

「しかし、それに見合う働きはするぞ。なんなら検非違使庁の手伝いもしてやろう」

髑髏鬼は胸を張るような口利きをした。と言っても頭蓋骨ばかりで胸はない。

「本当に今夜訪ねて参った甲斐があると言うもの。さすがに是雄。面白き者たちと暮らしおる。羨ましきことぞな」

「芙蓉姉ちゃんもしょっちゅう遊びに来る。芙蓉姉ちゃんは都で一番の美人だ」

春風に淡麻呂は得意気に教えた。

ほう、と春風は是雄を見やった。

「この前の陸奥からの戻り道、妙な関わりから出会った娘。娘、と言うても山賊の頭領。土蜘蛛(つちぐも)の者らを手下にして手前の命を狙って参り申した。蝦夷と同様に土蜘蛛の連中も都の者を敵と心得ておりまする」

承知、と春風は頷いた。

土蜘蛛とは坂東(ばんどう)に暮らす土着民に対して都の官人らが名付けた蔑称である。

「今じゃその芙蓉も是雄にぞっこん。しくじった悔しさから是雄の命欲しさに都まで追いかけてきたものの、結局は離れられなくなってしもうた。都に居残り、東市(ひがしのいち)で大きな飲み屋を開いている。手下どもこそ哀れというものよ。敵と心得る都の者らに愛想笑いをせねばならぬ。つくづくと是雄は冷たき男ぞ。芙蓉の胸の裡(うち)を知りながら手すら握ってやらぬ。まことの鬼とは是雄のことかも知れん」

「今夜は調子に乗り過ぎのようだな」

是雄は髑髏鬼を睨(にら)み付けた。

「春風さまの前じゃぞ。口を慎め」

「いや、面白い」

春風は首を横に振って、

「これほど笑うたのは久しぶり。訪ねて参った甲斐があった。陰陽寮に足を運んでいてはこの者らに会えずじまい。これを機会に儂もそなたらの仲間に加えて貰いたい。いつかはその芙蓉とやらの顔も拝みたいものぞな。良き者らに囲まれて羨ましい」

「手前こそ安堵してござります」

「賄(まかな)いや掃除の女を一人も置かぬ暮らしと耳にし、さぞかし不自由な毎日であろうと案じないでもなかったが、いかにもこの面々では女どもには無理な仕事。髑髏鬼のような者がぶんぶんと飛び回っている」

「人を化け物扱いせんでくれ」

髑髏鬼はむくれた。

「化け物でなくてなんだ？　屋敷中を飛び回る骸骨に脅えぬ方が珍しい」

「儂かて昔は歴(れっき)とした人間じゃぞ。できれば静かに往生したかった。しかも今は鬼退治の側に回っておる。褒(ほ)められることはあっても、鬼呼ばわりは情けない」

「なるほど。これはいかにもに悪かった」

春風は素直に頭を下げて謝った。

「いや……なに……そうして検非違使庁の別当ともあろう者に謝られてはこそばゆい」

髑髏鬼は喜んで春風の肩に止まった。

「女どもを頼んでおらぬのは危険を案じてのことにござる」

是雄は笑顔で春風に口にした。

「我ら陰陽師は鬼らにとって紛れもなき敵と見なされており申そう。この屋敷の中では鬼退治の祈禱もしばしば執り行いまする。その気を察して鬼の方から戦いを挑んで参ることも。それに女たちを巻き込んでしまうわけにはいきますまい。我らにしても鬼を相手の最中に女たちの守りまでは厄介。下手をすれば遅れを取ることとて」

「なれば内裏内の陰陽寮が襲われる気遣いはないのか」

「内裏内には鬼封じの結界や守り神が数多く配置されており申す。この世で一番に鬼を恐れておられるのは内裏を牛耳ておられる方々。鬼もめったには近寄れぬ理屈」

「しかし、つい先年内裏の紫宸殿裏の宴の松原に巨大な鬼が出現して女官を無惨にも食いちぎったという話を耳にいたしたぞ」

「あの鬼は真っ赤な偽物。いかに春風さまだとて詳細を明かすわけには参りませぬが、関白基経さまの専制の批判を狙いとして出現させたもの。人の手によって仕立て上げられた狂言にござりました」

「…………」

「散らばっていた死骸とて恐らくは化野辺りから掘り出したものにござろう」

「そこまで突き止めながら、なにゆえ捨て置いた。陰陽寮の職分を越えた身勝手な判断と儂には思える」

　さすがに春風は是雄を睨み付けた。

「鬼の仕業ではないと知れたからには、騒ぎをそれ以上大きくする必要などどこにも。力をお持ちなのは関白。たとえ道理がどちらにあろうと、関白さまは容赦なしに極刑か内裏からの追放といたしましょう。それではこの国が滅びてしまいまする。仕掛けたお方らも得心して手を引いてくださりました。手前に見逃した後悔は一つも」

「いかにも。守るべきは国の先々。あらためて何が大事か諭（さと）された心持ち」

　春風は何度も頷いて笑顔に戻した。

3

「今戻った！　起きておろうな」

　荒々しい馬の蹄（ひづめ）の音にその声が被（かぶ）さった。迎える足音も聞こえる。自室に引き下がっていた温史のものであろう。

「こんな刻限に誰ぞ？」

　春風は眉をひそめて是雄を見やった。

「蘆屋（あしや）道隆という者。手前とおなじ播磨（はりま）生まれの術士。比類なき腕を見込んで陰陽寮へと誘い申したが、宮仕えは性に合わぬそうで。その代わりこの館の食客（しょっかく）なれば応じてもよい、と」

やれやれ、と春風は苦笑した。

「手前は今この通り身動きのままならぬ身。なによりの手足となってくれまするる」

「まっこと退屈せぬ屋敷」

本心から春風は言って盃を口に運んだ。

そこに温史と道隆が顔を見せた。

道隆は春風に軽く会釈してどっかりと腰を据えると甲子丸に酒を所望した。

「おれ一人働かせて呑気（のんき）に酒盛りか」

「どなたと心得る。検非違使庁の別当にあらせられる小野春風さまじゃぞ」

是雄は道隆をたしなめた。

「ほう。この御仁が噂の」

「どんな噂じゃ」

是雄と較べても引けを取らない術士と聞かされていた春風は、道隆の二十代半ばという若さに加え女とも見紛う端正な顔立ちに驚きを隠しながら笑いで訊ねた。

「稀代の堅物ゆえ政（まつりごと）を司る連中には疎（うと）まれながらも、いざ事が起きればその手腕を頼りとせねばならぬ。武者として国一番」

「これは嬉しき噂じゃの」

春風は喜んで自分の盃を突き出した。

「なれど武人は是雄と同様に先が限られている。結局は内裏の下働きで終わる」

意地悪そうに道隆は付け足した。

それには是雄も噴き出して、

「この通り口悪しき者なれど、余人が思うておるほど根は悪うござらぬ。お許しを」

「そうじゃ。是雄が言うたようにこやつはガキのごとく悪ぶっておっただけ。友とて我らと出会うまでは一人としておらんかったであろう。この屋敷に暮らすようになってからがらりと変わった。夜中に月を眺めて泣いておるのを見たことがあったぞ。今の平穏に感謝しながらの」

髑髏鬼は道隆の周りをぐるぐると飛び回りながらからかった。

それに春風はぼろぼろと涙を零した。

「いかがなされました」

「この館ほど心温まる場所はない。鬼を相手とする者たちの集まりと申すに、儂はなぜか春の陽だまりのように感じた」

「だからおじちゃんもおいらたちの仲間になるのさ。昔から決まってたことだ」

淡麻呂が手を叩いて喜んだ。

「と言われても儂には鬼を相手になんの力も持たぬ。刀など通用せぬ者ら。むしろそなたらの足手まといとなりはせぬか?」

真面目な顔で春風は質した。

「本体を晒して挑んで参る鬼は小者。大概は人の心の中に潜り込み、その権勢を用いて世を乱しまする。その見極めが厄介。大事に到らぬ前にそれができればなにより。なれど我が陰陽寮は常にことが起きてからの動きとなり申す。我らより先に内裏や市井(しせい)の変事を扱うのは検非違使庁の役目」

なるほど、と春風は是雄に頷いた。

「春風さまを前にして申し上げにくき話なれど、これまで双方の繋がりはあまり良きものとは言えませなんだ。奇怪な出来事と見なしても即座に陰陽寮に回すは検非違使庁の恥としたのでござりましょう。それで日時を無駄に。半月も過ぎて腐り果てた死骸を回されたところで当方とてさしたる見立てはでき申さぬ。人の気は死んでも四、五日やそこらは体に残されておりまするが、半月となれば難しきこと」

「いかにも。いかにもじゃの」

春風は大きく膝を叩いた。ようやく自分の働き場を了解したという顔だった。

「早速明日には双方を繋ぐ役目を果たす者を選んで陰陽寮へ遣わそう。少しでも変事と見なしたときは、その者に子細を伝えさせる。死骸の検分も立ち合いを認める」

ありがたきご配慮、と是雄は深く頭を下げた。簡単な話、と思えても、これまではその壁を乗り越えることができなかったのだ。さらなる上の階位を願う者が検非違使庁の別当であれば、陰陽寮に手柄を奪われるようなことは断じて許さない。それが国の大事に繋がると見做せばなおさらである。

〈神のご加護かも〉

と是雄は思った。自分が陰陽寮の頭であるときに検非違使庁のそれにこの春風が任じられたことを、である。

〈しかし……〉

逆に言うなら神の加護がなければむずかしい大変事が巻き起こる予兆と見なすこともできそうだ。気付いて是雄は緊張を覚えた。是雄の予感は大抵が的中する。

「嫌な前触れのようだ」

「そなたもそう感じるか？」

口にした道隆に是雄は目を動かした。

「おれは今夜の調べについて申した」

「鬼の仕業と定まったか」

「術をかけて残らず聞き出した。いくらそこそこの地位にある役人の館に通いで仕える者とは言え、働き場は厨での煮炊き。あそこまで内裏の内情に詳しいはずがない。断じて作り話ではなかろう。あの者にとってなんの得にもならん」

「やはり……鬼が疫病の前触れを」

そういう噂を耳にして是雄は道隆に調べを頼んだのである。

「二十年以上も前のことゆえ、おれは良く知らんが、伴大納言とやらを承知か？」

「承知どころか、対面もしておる」

是雄に髑髏鬼も頷きながら、

「あの応天門の一件じゃな。あやつのお陰でこうして是雄と一緒になれた」

「そんな昔からつるんでおったのか！」

驚いたのは道隆の方である。

「無駄話より、伴大納言がどうした」

是雄は道隆を睨んで先を続けさせた。

「だからそやつが鬼の正体。自らそう名乗りを挙げたという。藤原(ふじわら)の蔓(つる)のせいで火付けの罪を被せられ、挙げ句には伊豆へ配流(はいる)の身となり、間もなく果てたとか。その腹いせに噴怨鬼(ふんえんき)と化してこの世に舞い戻った。間もなく都中に疫病の種を撒き散らすと高笑いして闇に消えたそうな」

「他愛もない。その程度の噂だったか」

「あの男、思い出して身震いしていたぞ」

作り話にあらず、と道隆は繰り返した。

4

「下手に術をかけたゆえ目が曇ったか」

作り話ではない、と言い立てる道隆に是雄は呆れた顔で続けた。

「いかにもその者の言は作り話とは違うかも知れぬが、虚を真実と思わせることはたやすき所業。鬼の格好をして目の前に出現すればいい。闇に紛れて姿を消すのも簡単。そういうそなたとて元々は鬼のふりをして我らの前に姿を現した者ではないか。おのれ以外に誑(たぶら)かしの技を用いるはずがないと思うは、ただの自惚れ。闇夜の中であれば黒い布一枚被るだけで姿が掻き消える」

うーむ、と道隆は唸った。

「まことの鬼であったなら」

是雄は重ねて口にした。

「自分を陥れた相手ぐらいとくと承知のはず。もはや誰にも遠慮のない身。藤原の蔓などと曖昧な言い方など断じてすまい。加えて、なにゆえ無縁の民らへの疫病だ。そもそも伴大納言は亡くなられてからこの二十年、どこでなにをしていた。まさか陰府でのんびり昼寝していたわけでもあるまい。恨みを晴らす機会ならこれまでいくらでもあった。道理が通らぬのも鬼、と言えるが、こたびの一件、あまりにもそれが過ぎる。せめて、狙う仇は太政大臣、とでも口にしたれば些少は頷けたものを」

それに春風が仰天した。

「あ、いや、ただの言葉の綾にござる」

慌てて是雄は言い繕った。

伴大納言を罠に嵌めたのが当時の太政大臣藤原良房であったことを知る者はほとんど居ない。陰陽寮に仕えていた僅かが承知して胸に納めてきた秘密である。

「誑かしであったとしても……」

春風は眉をひそめて、

「その噂、捨て置くわけにいくまい。ことは内裏に関わる話。巷に広がれば厄介」

「陰陽寮が動いたと伝わればさらに騒ぎが大きくなりましょう」

是雄に春風は、いかにも、と同意した。

「なるほど。鬼を騙った者らの狙いはそこにあるのやも。噂に脅えた藤原のどなたかが我らに事の真偽を見極める調べを命ずれば、自らの罪を認めたようなもの。そう考えれば鬼が姿を見せた相手が多少でも内裏に関わる者であったことにも得心が」

「すると、鬼と見せかけたのは伴大納言と関わりの深い者たちか」

道隆が膝を前に進めた。

「とは思えぬ。大納言のお身内はことごとく内裏から遠ざけられ野に下された。藤原の権勢を弱めたところで益とはならぬ。家名の恥をすすぐということも有り得ぬではないが、むしろ考えられるのは今の内裏で関白の専制を良しとせぬ方々」

「大方の内心はそうであろうに」

二人のやり取りに春風は吐息した。

「ただ、問題はこの一件で事が済むものかどうか。大仰な狂言を仕組んだ者ども。陰陽寮も検非違使庁も動かぬと知れば、さらなる一手を仕掛けて参るやも知れませぬ」

是雄に春風は唸った。

「疫病はさすがに難しいにしても、自ら市中に噂を撒き散らすくらいは……」

「その程度で済めばよいが」

「鬼と出会ったという者、明晩、ここに同道して参れ。おれも術をかけてみる」

是雄は道隆に命じた。

「構わぬが、おなじことの繰り返し」

「そなたが引き出したのはその者の言だけであろう。嘘ではないにせよ、人の耳や目には大概見落としがあるもの。ましてや暗い夜道のこと。これまで一度も試したことはないが、その者の耳と目になってその場に立ち会ってみたい」

「そんなことが出来ると！」

「だから、初めての試しと言うた」

「これまで聞いたことがない」

「いや、我が師滋丘川人（しげおかのかわひと）さまが得意となされていた術。というより師がもともと持ち合わせていた力であろう。おれには無理と諦めていたが、今なら側に淡麻呂がおる」

それに淡麻呂はきょとんとした。

「淡麻呂には人の力を強める才が必ず備わっている。これまでにも幾度となくそれを感じさせられた。試してみる良き機会」

淡麻呂は手を叩いて喜んだ。

「なれば今でもよかろう。おれがあの者を問い質した様子を見てみればいい」

「護摩壇（ごまだん）の支度や唱える呪文を選ばなくてはならぬ。おれとて初めて試みる術。それに今夜はこの通り酒も入っている」

「やれれば大したものだが……是雄一人にそれが見えたとて果たしてまことかどうか。おれにはどうにも信じられぬ」

「いや、儂にもはっきりと見えたぞ」

髑髏鬼が断じた。

「儂らの目の前に応天門が燃え盛る様子がありありとな。仰天とはあのこと」

「川人とはそれほどの達人であったか」

道隆は唸りを発した。

「師なくして今のおれはない。この髑髏鬼にしても師が墓場に渦巻く僅かの気を察して救い出したもの。若かったせいもあろうが、おれにはなにひとつ感じ取れなかった。師を超える術士は二度と生まれまい」

「川人の墓を掘り起こして呼び戻せばどうじゃ。そうすりゃ儂にも仲間ができる。ばかりか鬼退治がたやすくなろうに」

髑髏鬼が思いついた口調で言った。

「師の墓には幾度となく詣でている。なんの未練も感じられぬ。静かに眠られておるだけ。鬼となるのは強い怨念やこの世への醜い執着。そなたのようにな」

「なんじゃ、その言い種は！」

ぶんぶんと髑髏鬼は飛び回って、

「こっちは大事な仲間と思うていたに、是雄の本心はそれか。情けない」

ぼろぼろと涙を零した。

「その執着のお陰でこうして今の世で会えた。おれは喜んでおる。仲間と思えばこその軽口。気に障ったれば謝る」

「醜い執着と言うても今の儂には酒ばかり。盗みこそしたが、人は殺しておらぬ」

機嫌を直しつつ髑髏鬼は付け足した。

「儂の泊まれる部屋と夜具はあるか」

春風は笑いを堪えて是雄に訊ねた。

「むろんにござる。早速に支度を」

「まだまだ皆と飲みたい気分。戻るのが面倒になった。誰ぞを検非違使庁に走らせてそう申してくれ。儂の館に伝わる」

「手前も嬉しうございます」

「都に戻ってかほど楽しき夜はない。明日も参る。さっきの術とやらを見てみたい」

淡麻呂がパチパチと手を叩いた。

夢中鬼

1

翌日の夜。

是雄が一人で戻ると、屋敷内からは賑々(にぎにぎ)しい笑い声が門前まで響いていた。すでに春風も到着済みらしく、馬繋ぎには二頭の馬が居並んでいる。

やれやれ、と是雄は苦笑いした。

「芙蓉姉ちゃんもとっくに。甲子丸と一緒に旨いものを作ってくれている」

是雄の帰宅を察して中から飛び出てきた淡麻呂が嬉しそうに知らせた。これほど賑やかな夜は滅多にない。

「温史は護摩壇(ごまだん)の支度を調(ととの)えたか」

是雄は淡麻呂の頭を撫でて質(ただ)した。

「うん。道隆も手伝った」

なれば心配もない。あとは自分の腕次第だ。初めて試みる術のことである。

「戻ったばかりで、まだ早いか」

その道隆が現れて是雄に訊ねた。道隆は伴大納言と自ら名乗る鬼と出会った男をこの屋敷に連れてくる手筈になっている。

「妙に皆浮かれておる」

廊下を並んで歩きながら是雄は笑った。

「誰もが初めて目にする術。人の頭の中から、その者が見聞きしたすべてを引き出して眼前にあるように映し出すなど到底信じられぬ話。見逃せば後悔する」

「しくじれば末代までの恥となるな」

「誰も洩らさぬ。仲間内のこと」

「そなたの口が一番に案じられる」

「おれには到底できぬ術。あっさりやられてはこちらの恥。が、いかにもこの淡麻呂が側におればどうなるか分からん」

道隆に淡麻呂は手を叩いて喜んだ。

「温史の手順はどうであった」

「なかなかやる。なにも見ずにやり遂げた。生真面目すぎて多少苛立つが、あれは必ずものになる。いい弟子を持った」

「そなたと変わらぬ歳頃であろうに」

「おれとは修行の年季が違う」

確かに、と是雄は頷いた。聞けば道隆は播磨で名高い蘆屋流の跡継ぎとして十になるかならぬかの年頃から厳しく術を仕込まれたという。奥深い山中に一人取り残されたこともしばしばであったらしい。

「この淡麻呂が羨ましい。これまでなにもせず、ただ寝てばかりのくせして、神の力を授かった。神とは身勝手なものよ」

「それは言える」

是雄も苦笑いで頷いた。淡麻呂の力を修行で得るには二十年でも足りない。いや、それでも得られるかどうかだ。


「戻りが遅くなり失礼を」

是雄は着替える前に春風のところへ挨拶に回った。春風は鷹揚に応じた。春風の傍らには見覚えのある者が控えている。

「この者が昨夜話した双方の繋ぎ役。検非違使庁にて大志として勤めている」

「中原剛俊にございます」

緊張の面持ちで剛俊は両手を揃えた。

「すでに何度か面識があると聞いたが」

「ことに温史とは」

「そう聞かされて中原に決めた。中原の家は代々検非違使の血筋。腕も相当に立つ。が、内裏の中での頻繁な出入りは憚られよう。なにか不審のことでも起きれば即座にこの屋敷に走らせるつもり」

「これでこちらも楽になりまする」

「あの芙蓉と申す者、淡麻呂の言うた通りの美形。中原がどぎまぎしておる」

「この者とてなかなかの男前。道隆に加えて剛俊までもとなれば温史の影がますます薄くなろう。内心穏やかであるまい」

二人の酒に付き合っていた髑髏鬼がからからと笑った。すでに剛俊のことが気に入っているらしい。剛俊が髑髏鬼に少しも怯えを抱かぬせいであろう。

「もともと叶わぬ恋心というやつぞな。芙蓉の思いは是雄にしか向いておらん」

「刀の腕も相当に立つとこの髑髏鬼に聞かされた。いかにも隙のない身のさばき」

春風も芙蓉が気に入ったと見える。武人だけに見極める目を備えている。

そこに芙蓉が料理の皿を掲げて現れた。続いた温史も新たな酒樽を手にしている。

「聞こえておったか」

髑髏鬼は温史に目をやった。

「なにがだ」

「皆でぬしの先々を案じていたのよ」

「なんのことやら」

「この世には鬼の出現なんぞより辛いことが多くてかなわんのぅ」

「修行中の身ゆえ苦とは思わぬ。師のお側に居られることこそ身の果報」

「そういうおまえを儂（わし）は好きじゃが」

「いい加減にするがよい」

是雄は髑髏鬼の頭を小突いた。皆は必死で笑いを堪（こら）えている。

「では手前は道場にて術の支度を。道隆はその男を同道してくれ。到着まで春風さまはこの者らとしばらくお寛（くつろ）ぎに」

是雄は春風に一礼して下がった。

「手前もお手伝いいたします」

温史が慌てて腰を上げた。


冬というのに庭の井戸の水を二度、三度と浴びて身を浄めた是雄は白衣に着替えて道場に上がった。真正面には温史が整えた護摩壇が正しくしつらえられている。おなじく白衣を纏（まと）った温史が護摩壇の中央の炉に火を点（とも）す。まだ祈禱には早いので小さな火だ。

「こたびはいかなる術を？」

護摩壇作りを命じられただけの温史はおずおずと是雄に質した。

「さてな……まだ決めかねている」

正直に是雄は応じた。

「師はさしたる呪文も唱えずそれを果たした。おれに師の手を握るよう命じられたが、あの意味とて分からぬ。おれがまだ二十歳やそこらのこと。ろくな力もなかった。ただただ師の術の凄さに仰天しただけ。が、あるいは師はおれを依り代としたのかも知れぬ。それで淡麻呂を用いればと思いついた。手を握らせたのは師の力をおれに注ぐためのものだったとも考えられる」

「さしたる呪文も唱えずに……」

「ありふれた大呪であったような。あれには魔物を退散させる力などない。おのれの心を強くさせるもの。言わば気休めだ」

温史は目を丸くした。魔物払いの根本として真っ先に学ばされる呪文である。

「あれ一つでことが済むなら世に術士など要らなくなる理屈であろうに。そもそも淡麻呂は呪文一つ知らぬ身で先々を見通す。呪文は術士の気を静めるものが大方」

確かに、と温史は吐息した。


「のうまくさらば、たたぎゃていびゃく、さらばぼっけいびゃく、さらばたたらた、せんだんまかろしゃだ、けんぎゃきぎゃき、さらばびきなん、うんたらたかんまん」

すべての支度が整ったところで是雄は護摩壇の前に端座して大呪を繰り返し唱えた。唱えつつ護摩壇の燃え盛る火の中に新たな乳木を投じる。炎は道場の天井近くまで高く舞い上がった。

是雄の脇には道隆が同道して来た男が虚ろな目をして炎をじいっと見詰めている。例の伴大納言と名乗る鬼と出会ったという男だ。今は祈禱に抗いがなくなるよう是雄が事前に軽い術を施してある。

始めたばかりというのに、是雄の後ろに居並んで成り行きを見守る皆には強い緊張が見られた。

これから展開されることがただの術ではないと承知のゆえである。

是雄はあらかじめ拵(こしら)えていた紙の人形(ひとがた)を懐(ふところ)から取り出すと男の額に押し当てた。

「名はなんと言う」

是雄は男に質した。

「忠常(ただつね)……にござる」

男は抑揚のない声で応じた。是雄は頷(うなず)いて額の人形にその名を記した。そしてさらに年齢や出身地を質して書き足した。

〈撫(な)で物ごときでなんとする？〉

是雄の呪文や指の動き一つすら見逃すまいとしていた道隆は小首を傾げた。

撫で物とは被験者に取り憑(つ)いている悪鬼や病いなどを紙の人形に移して追い払う術だ。行う術士の技量によって効験(こうけん)に差は生じるというものの、さほどの術ではない。

しかし……

さすがに是雄である。その紙の人形で男の頭や目鼻を軽く一撫でしただけで相手は苦悶の表情を浮かべ口から泡を吹いた。

是雄は道隆に目配せして、

「淡麻呂をおれの前に」

連れてくるよう命じた。道隆は背後の淡麻呂に目をやった。淡麻呂はいつしか寝ていた。と言うより昏睡状態にあった。

道隆は淡麻呂を抱えて是雄の目の前に横たえた。淡麻呂の鼾（いびき）の音が強まる。

「変だ。心配ないか」

芙蓉は淡麻呂を案じて是雄に質した。

「眠らせたのはこのおれ」

「いつ」

「今さっき。この者と同時に術をかけた」

こともなく是雄は応じた。皆は吐息した。いかにも術としか思えぬ深い眠りだ。

「起きていれば淡麻呂の気が無意識に拒む。依り代に雑念は邪魔となるばかり」

言いつつ是雄は紙の人形で淡麻呂の頭から顔、体と入念に拭（ぬぐ）った。

淡麻呂の体から汗が噴き出た。

「おれ一人の力ではとうてい師に及ばぬ。道隆、そなたも手助けを。共に大呪を唱えながら淡麻呂の左手を強く握っていてくれ。あとは仏のご加護次第」

言って是雄は淡麻呂の右手首を取った。慌てて道隆も左手首をしっかりと摑んだ。

「畏（かしこ）まって弓削是雄申す。この者の見聞きしたものすべて依り代に移し賜れ。のうまくさらば、たたぎゃていびゃく、さらばぼっけいびゃく、さらばたたらた、せんだんまかろしゃだ、けんぎゃきぎゃき、さらばびきなん、うんたらたかんまん」

渾身の祈りを是雄は唱えた。

道隆も負けじと声を張り上げる。

そして間もなく――

是雄は眩しい光に包まれた。体が宙に飛ばされたような心持ちになる。

浮揚の感覚に身を委ねつつ是雄は四方に目を動かした。道隆がくるくる回転しながら後に続いている。さらにその背後の空間には春風や芙蓉たちの姿も見えた。

「ど、どうなっておるんじゃ！」

髑髏鬼が是雄に接近して叫んだ。

「恐らくこれは淡麻呂の頭の中」

「じょ、冗談であろうに」

「ここに淡麻呂一人だけ姿が見えぬ」

言われて髑髏鬼は周りを見渡した。いかにも是雄の言う通りだった。温史や甲子丸そして剛俊も回転しながら続いている。

「し、しかし……いかに淡麻呂の頭がでかかろうと、これほどじゃあるまい」

「我々の魂ばかり運ばれた」

と是雄が口にした途端、今度は周りが闇に閉ざされた。浮揚感がたちまち消え失せて是雄は堅い地面に叩きつけられた。あちこちから悲鳴や呻きの声が上がった。

やがて是雄は起き上がった。真の闇と感じたのはその前の光の眩しさとの対比で、間もなく是雄の目は暗がりに慣れた。道隆や春風も大きく息をつきながら腰を上げた。

「ここは……どこだ」

芙蓉が珍しく是雄の袖にすがった。

他の皆も是雄の周りに集まる。

「淡麻呂があの者の見聞きしたすべてを我らに見せてくれようとしている」

「信じられぬ。淡麻呂とは何者だ」

道隆は到底現実としか思えぬ光景を見回して驚嘆していた。空には淡い月が懸かっている。自分たちが立っているのは両側を屋敷の塀に挟まれた広い道の真ん中だ。塀を越して頭上に突き出た高い松の枝が風に揺れているのも確かに感じられる。

「どこかの野辺ではなかったのか」

是雄は道隆に質した。道隆の口ぶりからそう思い込んでいたのである。

「屋敷からの戻り道と聞かされた。それでおれもてっきり寂しい道であろうと。まさかこんな市中に鬼が出没するなど」

道隆が弁明した途端、景色がぐらりと傾いた。誰ぞの屋敷の門前に緋色の衣を纏い、頭に冠を戴（いただ）いた高貴の者としか思えぬ人の姿が認められた。その者もこちらの気配を察して振り向いた。

〈な、なんと！〉

思わず是雄は絶句した。

二十年以上も昔の記憶ではあるが、その顔は正しく当時の大納言伴善男その人、としか思えなかったからである。小柄な体軀で、猿にも似た貧相な顔立ちであったと覚えている。身震いが是雄を襲った。

「正しく……伴大納言」

是雄が洩らした言葉に皆は仰天した。

「汝は我を知っておるのか」

その言葉にますます動転した是雄だったが、それは是雄に対してのものと違った。

「いえ、存じ上げませぬ」

どこからか応じる声が響いた。

この鬼と遭遇した者の声と知って是雄は思わず深い吐息をした。

「そちごときに名を明かしたとて知るまいが……麿はかつて内裏において伴大納言と皆よりかしずかれていた身。内裏の安泰こそ大事と身を粉にしてお仕え申していたに、あろうことか、藤原の者らによって、応天門に火を放ったのは麿の仕業とされ、国に仇なす逆賊として一族ともども都から追放の憂き目に遭い、この我も伊豆にて果てた。これまでは地獄にて疫病鬼の役目を務めて参ったが、怒りはとうてい収まらぬ。我と同様、藤原の者らによって悪魂と貶められ噴怨鬼と化した御方ともども積年の恨みを晴らす所存。この一年後に都は疫病の渦と化すであろう。その根源はすべて藤原の腐った蔓にあれと知れ」

伴大納言と思しき者は哄笑した。

是雄は呆然と立ち尽くした。

今の言葉にはとても狂言と思えぬ怒りが感じ取れたのである。うへへへ、と誰かが低頭する気配が伝わった。この光景をじかに見ていた者であろう。

是雄は振り向いて皆を眺めた。

誰もが口を大きく開けて見ている。

「髑髏鬼、飛べるか」

是雄は高い松の枝を見上げて質した。

おうさ、と髑髏鬼が是雄の肩に乗った。

「高みになにやら怪しき気を感じる」

「探るのはたやすいが、反対に見咎(みとが)められてはこの先厄介(やっかい)とならぬかの」

「これは淡麻呂が我らに見せてくれている夢に過ぎぬ。向こうに心などない。心配なれば試しに目の前の鬼を一回りしてみよ」

「儂なればどうなっても構わぬとみての試しではあるまいな」

髑髏鬼は珍しく逡巡(しゅんじゅん)を浮かべた。それほどにはっきりと相手の姿が見えている。

それに是雄は苦笑いして歩を前に進めると伴大納言と名乗った相手の体に腕を突き出した。腕は楽々と背中まですり抜けた。相手の様子にも変化は一つも見られない。

「こっちの声とて聞こえておらんのか」

「これは何日も前の幻」

「そうとは見えんから恐ろしい」

一つ吐息して髑髏鬼はふわりと是雄の肩から飛び上がった。たちまち闇に紛れて見えなくなる。皆も息を呑んで見守った。

ぐわっ、という髑髏鬼の声が響いた。

皆に緊張が走った。

「お、おるわ、おるわ！　とてつもないものが潜（ひそ）んでおった」

慌てて引き返した髑髏鬼が叫んだ。

「どでかい首だけの化け物が隠れておった。ぶつぶつとなにやら唱えておる」

「おのれも似たようなものであろうに」

道隆は鼻で笑うと頭上の松の枝に跳び付いた。足をかけて上へ上へとよじ登る。さすがに山で鍛えただけある身軽さだ。

しかし、是雄はそれを不思議と感じた。

松の枝は実体ではないはずだ。あくまでも淡麻呂が見せてくれている虚像に過ぎない。自分の腕が相手の体をすり抜けたのもそれをはっきり示している。ゆえにこそ是雄は髑髏鬼に頼ったのである。が、道隆は本物の松のごとくよじ登っている。

〈もしや、淡麻呂の力が！〉

増しているのかも知れない。自分たちをその瞬間へと送り出そうとしているのかも。気付いて是雄は高く跳ぶと道隆が取り付いている松の枝を揺さぶった。道隆は派手に地面へと転げ落ちた。

「なにをする！」

道隆は喚き散らした。

「淡麻呂もうよい、存分にそなたの役目は果たした。目を覚ませ！」

道隆を気にせず是雄は念じた。

「なんの真似かと訊いている」

道隆が是雄に詰め寄った。

「虚像の松の枝にそなたが取り付けるはずがあるまい。下手をすれば刻を超えて我らがあの場に運ばれる恐れがあった。おそらくは淡麻呂の力が強まったのであろう」

あ、と道隆は青ざめた。

「おれにも枝の手応えが伝わった。淡麻呂を目覚めさせねば危ない。このまま皆がこの場に閉じ込められてしまうこととて」

「そしてどうなる！」

「分からん。初めてのこと」

是雄は正直に応じた。

「いっそのこと二匹の鬼を退治してしまえばどうじゃ。淡麻呂もそう考えて……」

おう、と道隆も頷いた。

「夢見る者に考えなどない」

是雄は首を横に振って、

「ただ見ているだけ。そもそも淡麻呂はこのおなじ刻限におなじ我らが生きていることすら知らずに居るだろう」

「おなじ我らが生きている？」

道隆は首を捻った。

「この刻限であればおれや温史はまだ陰陽寮に居て執務しておろう。春風さまもだ」

気付いて道隆は絶句した。

「鬼の正体も、その力とてどれほどのものか分からぬ。今は撤退がなにより大事」

「しょ、承知したが、なにをすればよい」

珍しく道隆は動転を浮かべて、

「夢の中に在る我らが、どうやってその夢から抜け出す？　見ているのは淡麻呂」

「おれとそなたは共に淡麻呂の手首を握っている。今はなんの実感もないが、そう信じて淡麻呂の体を激しく揺さぶるしかない」

「実感もないのにどうやって揺さぶる」

「信じて念を飛ばせ。おれとそなた以上の術士がこの世に他におるか？」

「いかにも。おるまいな」

道隆は天にも届けという声を張り上げて大呪を唱えた。是雄も印を切って続けた。

他の皆も自然に手を合わせた。

やがて——

周りの景色がぐるぐると回りはじめた。

その勢いがさらに強くなる。

太い松の枝が揺れに揺れて天に飛ばされる。屋敷の塀の屋根が宙に舞う。

〈よし！〉

是雄の指に淡麻呂の手首を摑んでいる実感が戻ってきた。さらに握りを強くする。

「痛いよ、痛いよ」

淡麻呂の泣きじゃくる声が皆の耳に響き渡った。こちらの光景が粉々に吹き飛ぶ。

その瞬間——

皆は一斉に目覚めた。なにが起きたのか分からず、互いの顔を確かめる。

「痛いよ。道隆の馬鹿！」

飛び起きた淡麻呂が道隆の強く握る手に齧(かじ)り付いた。道隆は啞然としていた。

是雄は心底からの安堵の息を漏らした。

少しも変わらぬ道場の中である。

どうっ、と疲れが是雄を襲った。

2

多くが言葉を失っている。

周りにただ目を動かすばかりだ。

たった今見たものが夢か術の類いではなかったかと自分の胸に問いかけている。

「なんとも……信じられぬ」

春風に何人もが同意した。

「果たして皆が儂と変わらぬものを見ていたのかどうか。誰ぞの屋敷の門前に佇んでいた鬼、衣の色はいかがであった」

春風は傍らの芙蓉に問い質した。

「鬼に似合いの赤き着物」

それにだれもが大きく頷いた。

「別の鬼が潜んでいると是雄が申した松の木は右の屋敷内か左のそれか」

「右手の館の太い松にござりました」

訊かれた剛俊は即座に返した。春風は唸るしかなかった。その通りである。

「つくづくと……恐るべき手腕。ここにおる皆におなじものを見せるとは」

春風は是雄の術に圧倒されていた。

「手前の術などにはあり申さぬ。すべてこの淡麻呂の力によるもの」

「ほんと！」

是雄と春風のやり取りに淡麻呂は喜んではしゃぎまくった。

「なれど、そなたの術なくして淡麻呂の頭の中にあるものを引き出せはすまい。いや、それよりなにより今こうしてこの場に皆が無事に戻れたはそなたあればこそ」

　まさしく、と道隆も首を縦に動かした。あのまま異変に気付かず居残っていればどうなっていたか分からない。あれは数日前の世界である。そこには数日前の自分たちも生きている。その自分同士がもし相対(あいたい)でもすれば混乱どころの話ではなくなる。頭に描いて道隆はぶるっと身震いした。

「甲子丸、酒じゃ、酒の支度じゃ。広間の方にどんどん運んで参れ。道場は寒くてかなわん。酒でも浴びんと正気に戻れんわ」

　髑髏鬼が喚(わめ)き散らした。

「淡麻呂の前には褒美の菓子を山のように積み上げてやれよ。今無事に皆と共にあるは淡麻呂のおかげ。淡麻呂大明神ぞな」

　髑髏鬼は甲子丸と温史に声を張り上げた。二人は即座に頷いて厨(くりや)に走った。

「夜に菓子を食うても……叱らぬか」

　おずおずと淡麻呂は是雄に訊ねた。にっこりして是雄はその頭を撫でた。淡麻呂は顔を輝かせた。いつもは禁じられている。

「菓子に靡(なび)く大明神か……」

　道隆に皆はどっと笑った。

「この者、どういたそう」

　道隆はまだ術から覚めず道場の床に大の字となっている男に目を動かした。

「もはや役目は果たして貰った。面倒だろうが住まいまで送り届けてくれ」

　是雄に道隆は頷いて腰を上げた。

「ことは……手前が思っていた以上におおごとにござった」

　無言で飲み干した杯を脇に置いて是雄は考えを春風に口にした。

「あの鬼……誰ぞの仕組んだ狂言などではありますまい。大昔にわずか二度ほどご尊顔を拝した程度に過ぎませぬが、手前にはまさしく伴大納言さまとしか」

「……」

「ばかりか、その大納言さまですらを手足として用いる、さらなる鬼がおるらしきこと」

「その正体の見当は？」

「まるで」

　是雄は首を横に振って、

「大納言と申せば大臣に次ぐ高位。そういうお人を配下としておる鬼ですぞ」

「死ねば生きておる間の上下の差など無縁となるのではないのか？」

　春風は首を捻った。

「理屈ではいかにもそうなりそうに思いまするが、現世で高位の地位を得た者は大方が並外れし権勢欲の持ち主。その気の強さは死してもたやすく薄れはし申さぬ。冥界(めいかい)にとて歴然たる位の差があるのはそのせい。でなければそもそも閻魔(えんま)大王に仕える邏卒(らそつ)など有り得ぬ話。鬼の世界もこちらと同様、上と下にはっきりと仕分けされており申す」

やれやれ、と春風は吐息して、

「死ぬまでの辛抱とおのれに言い聞かせて参ったが、無駄な我慢に過ぎなかったか」

「陰府(いんぷ)はそうでも、極楽なれば違い申そう。貧しく正直な民の大方は生きていた間の難儀からすっかり解き放たれるはず」

「武者の働きは人殺し。そこはわきまえておるつもり。覚悟はつけてある」

その言葉に是雄は思わず平伏した。

こういう清廉潔白な者が今も居る。

「そなたほどの者。薄々と思い当たる者の名くらいは頭にあろうに」

「髑髏鬼、見たままを伝えてくれ」

是雄は桶にたっぷり注がれた酒に浮きつ沈みつしている髑髏鬼に質した。

「仰天したせいもあるが、そうはっきりとは見ておらん」

髑髏鬼は桶(おけ)の中からごぼごぼとした声で応じた。自分でも聞き取りにくいと察したか、宙に浮いて是雄と向き合った。酒の匂いが周囲に広がる。

「しかし、首だけの鬼であったのは間違いない。そうさな……人の首の十倍は軽くあった。その首の周りには怪しい渦が巻いておった。あの渦の力で空を飛ぶのであろう」

「男か女か」

「男に決まっていよう。あれで女なら鬼よりもずっと怖い。近寄りたくもないわ」

髑髏鬼はけらけらと笑った。

「首を刎ねられて死した者ということか」

「おう、そう言えば首から腐った血の臭いも感じたぞ。いかにもそうに違いない」

「歳の見当はつかぬか」

「さてな……是雄よりちょい若い。三十半ばと言ったところか」

と聞かされて是雄は内心で驚いた。

伴大納言が伊豆に流され憤怒の死を遂げたのは六十近い高齢であったと記憶している。地位といい歳といい、なまなかの者では配下に従えるなどあり得ない。

吐息ばかり出る。有り得るとしたら帝のお血筋くらいしか思い浮かばない。

しかも首を刎ねられての憤死。

是雄の頭の中にそれと思い当たる御名はただお一人として浮かんでこなかった。そもそもそれほどの立場にあったれば、これまでに必ず内裏より御霊として認められ、社に祀られているはずである。

なのにこれまで冥界に捨て置かれていたとすれば、まさしく噴怨鬼と化して不思議はない。是雄の首筋に冷や汗が噴き出た。

「鬼の正体がどうあれ、いずれやり合わねばならぬ相手。覚悟を決めるだけのこと」

男を送り届けて戻った道隆は、ことのあらましを是雄から聞かされて鼻で笑い飛ばした。すでに春風と剛俊の姿はない。

「現に明日にでも向こうから仕掛けて参らぬとも限り申さぬ。あれだけ近付いた」

「そこまで気取られては居なかろう」

是雄は眉根を寄せつつ道隆に返した。

「よほどの力を持った鬼なれば、淡麻呂の気配くらいは感じ取ったはず。先ほどの一件はすべて淡麻呂の手助けで得たもの。早速にも探りにかかって来ぬとも」

うーむ、と是雄は唸った。有り得る。

「たとえ淡麻呂をどこに隠そうと、鬼が相手では厄介。後手に回らぬよう道場を護符や注連縄(しめなわ)で結界を張り、当分の間は淡麻呂を閉じ込めておくのが安心」

「嫌だ。道場は寒い。それに一人は怖い」

淡麻呂は泣きそうな顔をした。

「少しの辛抱。私が共に居てやる」

芙蓉がその手を握って言うと淡麻呂は大喜びして頷いた。

「儂も付き合うてやる。安心せい」

髑髏鬼も張り切って淡麻呂の周りをぶんぶんと飛んだ。皆は苦笑いした。髑髏鬼の心底など見切っている。芙蓉が付き添うと口にしたからに他ならない。

「明日一番に中務省(なかつかさしょう)に赴き、紀長谷雄(きのはせお)どのを訪ねてくれ。頼みたきことがある」

是雄は温史に目を動かして言った。

と耳にして道隆はぴくりと眉をひそめた。

　道隆と紀長谷雄とは大いなる関わりがある。先年内裏内の宴の松原に出現して大騒ぎとなった長人鬼の一件に絡んでのことだ。それは関白藤原基経の理不尽な専制を良しとせぬ菅原道真と紀長谷雄による警告含みの狂言に過ぎなかったが、その仕掛けを依頼された者こそ道隆であった。道隆も勇んでその話に乗った。道隆の受け継いだ播磨蘆屋流の術は永い間朝廷から疎んじられてきた。播磨出身の稀代の術士であった弓削道鏡が内裏の根幹を揺るがしかねぬ大逆賊と断じられて以来のことである。播磨に繋がる術士はいずれも同類と見做されてしまったのだ。

　永年の鬱積を払う良き機会と心得て働いていたはずが、肝心の仕上げのところで菅原道真と紀長谷雄はあっさり手を引いてしまった。結局は自ら国を揺るがすことを潔しとしなかったのである。

　理屈には頷けたが、道隆にはやはり二人に対するわだかまりが残っている。

「今更あの者になにを頼むと？」

　道隆は是雄を睨むように質した。

「大したことでは……長谷雄どのは中務省の少外記。とすれば省内の図書寮も管轄している。あそこには内裏に関わるほとんどすべての古記録が保管されている。願えばこのおれでも閲覧が許されようが、古き書は読み解くだけでも一苦労。文章道に長けた長谷雄どのに任せる方がたやすい。ばかりかあの御仁は前に内裏に関わる変事の数々を丹念に調べたこともある。もしかすると温史の話を耳にしただけで心当たりのある名を幾人か挙げてくれるやも知れぬ」

「藤原の蔓に対する恨みと知れば、逆に喜ぶかも。捨て置く恐れとて」

「そういうお方には断じてあらず」

温史は激しく首を横に振った。

傍流であっても長谷雄とは等しく紀の一族である。確かに道隆の言うごとく今の紀の一族は伴大納言の犯した罪の煽(あお)りで内裏から追放の憂き目を食らった者が大方だが、長谷雄はその苦境から自らの才で抜け出した一人として、今や紀一族の誇りと目されている。

「よほど正体が気になる様子……」

道隆は温史を無視して吐息した。

いつもの是雄らしくない。

「気になるな」

是雄は自嘲(じちょう)の笑いを浮かべて、

「おのれが若かったせいもあろうが、伴大納言さまと初めて対面が叶うたとき、思わず体が縮み上がった。今夜とて同様。皆も見た通り小柄なお人ではあったが、発する気には言い様のない強さを覚えた。ああいうお方をさもなき使い走りとして用いる鬼だぞ。それだけで寒気に襲われる。断じて尋常な者にあらず」

腕を組んで天井を仰いだ。

「もしや、帝のどなたかとでも！」

察して道隆は青ざめた。温史と甲子丸はあんぐりと口を開けた。

「先刻は春風さまの前ゆえ口にせなんだが、そうとしか思われぬ。または帝のお血筋」

思わず道隆は腕を組んだ。いかにもそうなればただ事で済まなくなる。

「太政大臣とて大納言より高い位置にあるが、あいにくとその大方は藤原の出。そういう者なれば藤原の蔓が憎いとは申すまい」

皆は頷きを繰り返した。

「それより、なにより」

是雄は大きく吐息して、

「そういうお方の御魂を鬼として容赦なく我らごときが退治して構わぬものかどうか。ことは陰陽寮の任を遥かに超えている。それもあって一刻も早く正体を突き止めねばならぬと思った。長谷雄どのに調べを頼まんとしたのもそのため。もし睨みが当たったときは即刻に御霊会の催しを奏上し、魂鎮めの祓いをせねばなるまい」

堅く目を瞑った。

誰もがしばし無言となった。

「なれど……じゃ」

ようやく髑髏鬼が声を発した。

「首しかない鬼。儂は知らんが、そういう死に様をした帝がおるなどとても……」

「おれも知らぬ。ゆえに悩んでおる」

是雄に皆も大きく首を縦に動かした。

「あるいは突然の病と世には知らしめ、実はそういう裏があったかも知れぬということか。若くして亡くなった帝は珍しくもない。藤原の気に染まぬお人は帝になれぬとまことしやかな噂が市中に流れている。なれば、なった後でもおなじこと」

道隆に皆は唖然としつつ頷いた。

「古記録を当たったとて無駄となるだけ」

道隆は続けた。

「そんな記録、断じて残しなどすまいに」

「記さず隠したとて波紋は必ず残るもの。身近に仕えていた侍従や官女らの扱い一つでも大方の予測がつく。やはりこれは面倒でもおれが自ら図書寮に赴いて当たらねばならぬ仕事かも知れぬな」

逆に是雄は覚悟を決めた。

「知らぬ顔で退治してしまえばたやすい」

道隆は恐ろしいことを口にした。

3

「いずれも無事であろうな」

警戒心もあって眠れぬ夜を過ごした是雄は、一番に道場へ足を運び声掛けした。

「鼠一匹現れぬ。なにやら気が抜けた」

すでに身なりを整え済みの芙蓉が中から戸を開けた。淡麻呂もにっこりしている。

「結界のお陰とも思えぬ。是雄や道隆の考え過ぎではないのか」

「それならそれでいい。なにも無しに越したことはない。が、人の心の隙をつくのも鬼が得意とするもの。せめて三日ほどはこのまま様子を見るのが無難であろう」

「ずっと芙蓉姉ちゃんと一緒？」

頷いた是雄に淡麻呂ははしゃいだ。

「まったく呑気なものじゃったぞ」

髑髏鬼が是雄の肩にとまって、

「一つ夜具にくるまり、芙蓉に抱かれて嬉しそうな顔で寝ておった。こっちは朝となるまで目を見開いて守りに就いていたに」

ガチガチと歯を鳴らした。

「つむる瞼（まぶた）がどこにある」

芙蓉は鼻で笑い飛ばした。

「先夜、春風さまを見て言うたことだが」

是雄は淡麻呂の頭を撫でながら質した。

「我らが揃って赴く場所、まことそなたの生まれ育った里であったか」

うんうん、と淡麻呂は繰り返し頷いた。

「なればもはやこの結界も無用」

「なんの話じゃ」

芙蓉は怪訝な顔をした。

「初めて春風さまのお顔を見るなり淡麻呂が口にした。そなたや道隆らと共にその里に参る、とな。いつのことかは知らぬ」

「知らぬ、では意味がなかろう」

「行くまでは死なぬ、という理屈となる」

あ、と芙蓉の顔が輝いた。

「陸奥は遠い。おれは陰陽寮、春風さまは検非違使庁を預かる身。勝手な真似はできぬ。行くとしたなら必ず内裏の命。今のところ陸奥に不穏の動きは見られぬ。とすれば当分は命の心配をせずとも良いことになろう」

「理屈じゃな！　まっことその通り」

髑髏鬼は勝ち誇った様子で飛び回った。

「この、こうるさい爺いも一緒か」

質した芙蓉に淡麻呂は笑顔で頷いた。

「なんじゃ、その言い種は」

髑髏鬼はむくれて喚き立てた。

「おれがうっかりそなたのことを口にしなかったゆえ芙蓉が身を案じたのだ」

是雄に言われて髑髏鬼は、そうか、そうかと芙蓉に擦り寄った。芙蓉は袖で払う。
是雄は苦笑を禁じ得なかった。

御霊

1

「死なぬにしても、安心は禁物」

　皆が揃っての朝餉（あさげ）の席で道隆が言った。

「どれほど強大な力を持つ鬼であろうと、国を滅ぼすとなればさすがに厄介（やっかい）。となれば内裏（だいり）と真正面から立ち向かえる者らを操る策を講じて参らぬとも限りますまいに」

「それが蝦夷（えみし）ということか」

　是雄は椀の箸を止めて道隆を見やった。

「藤原の蔓（つる）のすべてを根絶やしに、と言うたからには一人二人の命が狙いとは思えませぬな。一挙に片付けるには国を二分する戦さとするのがたやすきこと」

　うーむ、と是雄は唸（うな）った。

　いかにもそうなれば検非違使庁（けびいしちょう）と陰陽寮（おんみょうりょう）への同時の発動もあって不思議ではなくなる。鬼の率いる大軍との争いになる。

　そう考えれば伴大納言の発した奇妙な予言にもある程度得心がいく。あれほどの力を有しながら、なぜか伴大納言は疫病の発生を一年後と予告したのだ。理屈では今すぐにそれを行ったとておかしくない。

「元は帝であったやも知れぬ者が、それまで敵としてきた蝦夷の力を当てにするなど儂(わし)には到底信じられんな」

　髑髏鬼に温史も頷(うなず)いた。

「当てにするのではない。操るのだ。ことが成就すれば次に蝦夷も根絶やしとする」

　道隆はこともなげに返した。

「そうなりゃ、この国はどうなる？」

　髑髏鬼は道隆に迫った。

「あの世に暮らす鬼にとって現世などどうでも……先のことまで気にはすまい」

「それで道理が立つものか！」

「道理を弁(わきま)える鬼などもともとおらん」

　道隆に髑髏鬼はがっくりときた。

2

　あれこれ頭の中で策を模索しつつ内裏に出仕した是雄だったが、やはり、と心を定めて温史を呼び寄せると、紀長谷雄の許へ遣わした。本来なら是雄から中務省を訪ねるのが筋であろうが、省の中では余人の目と耳が気になる。陰陽寮のこの自室であれば外に漏れる気遣いがない。

　半刻（一時間）も待たずして長谷雄が一人で姿を見せた。是雄は温史にしばしの入室禁止を命じて長谷雄と向き合った。

「なにやら面倒な話となりそうな」

　長谷雄は察して小声で質した。

「自ら伴大納言と名乗りおる鬼の出現についてなにかお耳にしてござらぬか」

「まことの話にござったのか！」

　長谷雄は目を剝いて膝を進めた。

「長谷雄どのはどこからそれを？」

「どこからともなく、という程度。今更伴大納言が、と大方は聞き流しており申そう」

「疑いござらぬ。昨夜手前はじかにそのお姿を。小野春風さまも一緒にそれを」

　なんと、と長谷雄は絶句した。

「なれど……その伴大納言さまとてただの使い走り。大納言さまを手先に用いる遥かに強大な鬼が後ろに控えており申した」

　唖然とした長谷雄に是雄は昨夜の次第をこと細かく伝えた。長谷雄が信じようと信じまいと、そこからはじめなければ前に一歩たりと進められない。

長谷雄の方も真剣に耳を傾けた。それほどに身震いを覚える話であった。

「ことは天下の重大事。万が一にも手前の推測が当たり、鬼の正体がやんごとなきお方であらせられたときには内裏が傾きかねぬ事態にならぬとも……」

しかり、と冷や汗を手で拭いつつ長谷雄は同意した。目にも落ち着きがない。

「素知らぬ顔でご貴殿に図書寮に残されし古記録のお調べを願おうとも考え申したが、ことは一刻を争う事態となっているやも。隠し事をしている場合では」

「すぐにでも取りかかり申そう」

長谷雄はしっかりと請け合った。

「首を落とされたお方にござる。それも恐らく藤原のどなたかによって。しかも、いつの世かも知れぬこと。難儀は必定」

是雄に長谷雄も覚悟の顔で頷いた。

「ただし……」

是雄は腕組みした長谷雄に続けた。

「蔓への恨みと鬼が口にしたからには、藤原のご一族が内裏にて多大な力を得てからのことにござろう。そしてそれは伴大納言が憤死せし辺りまでと年数が絞られましょう。でなければ陰府にて出会えぬ理屈」

「としたなら天武天皇の御世から清和天皇の御世辺りまでということに。ざっと頭で数え上げても十五代はあり申すぞ。年にいたせば少なくとも二百年」

「それほどに！」

是雄は唸った。その半分くらいと是雄は見当を付けていたのである。さらに驚いたのは藤原の権勢の永さだ。いや、蔓のしぶとさと言っても良い。

「難題は……」

長谷雄は渋い顔をして続けた。

「頼りとする図書寮に蔵されている古記録。そのほぼ大方に藤原のご一族による厳しき目が注がれて参ったと見なければなりますまい。ご一族にとって不都合な事柄は削られ、あるいは改竄を命じられ、さらには焼き捨てられたものとて少なくはないはず。国史に等しき古事記すら編纂に関わったのは藤原の方々。それだけでもご理解戴けましょう」

是雄は眉根を寄せて頷いた。

道理がどちらにあったにせよ、藤原に逆らった者たちはことごとく謀反を企てし者とされる理屈である。自分たちにこそ責めがあるなどとは断じて記させない。それがたとえ帝のお血筋であったとしてもだ。

「無駄骨となるやもしれませぬな」

是雄に長谷雄は小さく頷きつつ、

「なれど帝とご係累ばかりに限るのであれば、ご薨去召されたお歳をお調べいたすのはたやすきこと。いかに藤原のご一族に力があろうと、そのごまかしばかりは無理」

「確かに」

「すでに御霊として社に祀られておられる方々についてはいかがでござろう」

「ほぼ無縁かと。我が師滋丘川人が全霊を込めて封じたお方々。まさかと存ずる」

是雄は信じたい気持ち半分で返した。

万が一そうであれば、もはや打つ手はない。あの師の力が通じなかった御霊に勝つ自信は是雄になかった。川人とはそれほどに傑出した名人であったのである。


「古記録などなんの役にも立たぬ、か」

深更に帰館した是雄から長谷雄とのやり取りを聞かされた道隆は首を何度も横に振って毒づいた。芙蓉もまだ館に居る。

「まこと藤原は始末に負えぬ者どもよな。おのれのことしか考えておらぬとは」

「いっそ知らぬ顔で捨て置いたらどうじゃ。なにも是雄や我らが難儀するまでもない。おのれらの蒔いた種。いい薬となる」

髑髏鬼も道隆の側についた。

「疫病となれば藤原の一族ばかりでは済まぬ話。無縁の多くの民が難儀する」

「と言うても敵の正体が分からぬでは是雄とてなんの手も打てまいに」

芙蓉に是雄も小さく首を縦に動かした。

「なにゆえ一年後なのでござりましょう」

温史が小首を傾げた。

ん、と是雄は温史に目を動かした。

「あ、いや、ただ奇妙と感じただけにござります」

「いかにも妙な話。予言を口にするのは術士の側であって断じて鬼ではない」

是雄は顎に指を当てて、

「一年後とは、確かに間のあき過ぎ」

「疫病は内裏の目を誤魔化す策で、実は蝦夷の到来のことでは？　戦さの軍備を整えるにはそのくらいの時を要しよう」

道隆が膝を進めて言った。

「明かさぬ方がもっと楽。そもそも鬼と蝦夷とを繋げたのは淡麻呂の見た夢から我らがそう思っただけの筋立てに過ぎまいに」

確かに、と道隆も是雄の言を認めた。

「事前に広めてなんの得がある？　知らされた直後は藤原のご一族とて震え上がるだろうが、三月も経てばそれも薄れる。ましてや都中への疫病となればなおさら」

「なれど疫病の因が藤原の者らにあると知れば、民らとて黙って見過ごしはすまい。都中に暴動が巻き起こる恐れとて」

芙蓉に温史も大きく頷いた。

「兵を用いて騒動を封じるだけの話」

是雄はあっさりと返した。

「民の憤懣にいちいち身を縮めるようなご一族には断じてあらず。それゆえ二百年もの永きに亘り権勢を保って参ったのだ」

「なれば鬼など放っておけ！」

芙蓉は泣きそうな顔となって、

「是雄ともあろう者が、なんでそんな屑らのために命を懸けて鬼とやり合わなくてはならぬ。任と言うたが、守るほどの者らか」

「いつ藤原のために働くと言うた？」

「だれの為とは言わずとも、鬼を退治するのは藤原の者どもを助けることになろう」

涙目で芙蓉は食い下がった。

「民を救えるのは我らだけ。捨て置けば無縁の民らを多く死なせる羽目となる。おれが不審と感じたのは、なにゆえ一年後と鬼が口にしたのかということばかり」

「…………」

「ま、それもどうでもよい疑念かもな。鬼の心など忖度したとてはじまらぬ。相手がたとえ帝やそのお血筋であろうと、すでに鬼と化した身。芙蓉のお陰でなんの迷いもなくなった。無心でやり合うだけ」

「それでこそいつもの是雄」

芙蓉も晴れ晴れとした顔に戻した。

「痴話喧嘩に水を差すようじゃがの」

髑髏鬼が二人の間に入って言った。

「肝心の鬼が姿を見せぬ。こっちばかり意気込んだとてことは済むまいに」

「今一度試してみる他にないか」

「何をじゃ？」

「淡麻呂の見せてくれた夢。あの場には間違いなく鬼が潜(ひそ)んでいた。何が起きるか想像もつかぬゆえ即座に撤退と決めたが、髑髏鬼と道隆が言うたように、あそこで退治しておればすべてが終わっていたやも知れぬ」

「し、しかしあの時空には別の我らも存在している、と。その重なりはどうなる」

道隆は是雄に詰め寄った。

「おれもはじめてのことゆえ咄嗟(とっさ)にそれを案じたが、鉢合わせでもしなければなんの問題も起きぬことやも知れぬ」

「それまた我らに都合良き想像」

「一日待ってもこの通り鬼は姿を見せぬ。それは我らが退治したせいではないのか」

あ、と道隆は絶句した。

「なんのことやら……わけが分からん。頭の中がぐちゃぐちゃになってきたわ」

髑髏鬼は床をごろごろ転げ回った。

「頭の中などもともと空(から)だろうに」

芙蓉は声にして笑った。

「なればそなたには是雄の言がしっかりと諒解できたのか」

髑髏鬼は芙蓉の頬に擦り寄って質した。

「我らはまだなにもしておらんのに、是雄はとっくに鬼を退治したと言うておるのだぞ。いつ退治した？　儂は覚えておらん」

「是雄がそう言うたからには退治したに違いない。それで面倒がなくなる」

「呆れた言い種ぞな。惚れた男の言であれば馬の糞でも牡丹餅ということか」

「是雄の言葉……これまで一度たりと疑うたことはない。無駄な争いをせずして退治したとあればそれでよかろうに」

「争いはこれからだ」

是雄は二人のやり取りに苦笑しつつ、

「ただ、戦うと決めた以上、我らに勝ち目があるのは確か。いつのことか知れぬが我らは打ち揃って陸奥に旅立つ身。その日までは死なぬと定まっている」

いかにも、と髑髏鬼は飛び上がると気勢を発して皆の頭上をぐるぐると回った。

「と言うたとて……」

道隆は大きく吐息して、

「昨夜、鬼と出会ったあの場には我らが確かに居る。どうしても鉢合わせしよう」

「これから行く我らはどこぞに身を隠していれば良い。あの暗がり。面倒はない」

「もし気配を感じられたときは？」

「そなたはなにか異変に気付いたか？」

「いや……特に」

「おれもだ。なれば問題なかろうに」

是雄に道隆もなるほどと得心した。

「ただ、今度行くのはおれと道隆、そして髑髏鬼の三人ばかりとしよう」

「なんでじゃ！」

芙蓉が是雄に詰め寄った。

「鬼相手では刀の腕も役に立たぬ。数が増えればそれだけ気配も濃くなる理屈」

「我らは断じて死なぬ定めと言うたぞ」

「死なぬであろうが、鬼を取り逃がす恐れがある。鬼の生き死にがどうかまではまだ定まっておらん」

「私はお供いたします」

温史は断固として言い張った。

「未熟者なれど術士のはしくれ」

「いや、そなたには別の大事な役目が。昨夜はこっちに戻るのにだいぶ難儀させられた。皆が打ち揃って淡麻呂の見る夢に引き込まれたせい。もし危ういときは撤退が間に合わぬ恐れも。そのときはそなたに念を送る。芙蓉と甲子丸に異界からの微(かす)かな念を感じ取る力はなかろう。頭を殴りつけても即座に淡麻呂を起こしてくれ」

それなれば、と温史は張り切った。

「問題は……肝心の淡麻呂」

是雄は顎に指を当てた。

「こっちがそう決めても、ことは淡麻呂が見る夢。向こうに着いてみれば全員が打ち揃っていることとて。事前に数を言い聞かせても夢となれば難しいやも知れぬ」

「普通の夢とは別物」

道隆は首を横に振って続けた。

「昨夜は依り代となっていた淡麻呂の周りに居た皆が揃って運ばれた。道場の護摩壇には火が高々と燃え上がり魔除けの結界が生じていた。魂とて出入りができぬ。芙蓉たちはことが終わるまで道場から遠く離れていればなにも問題なさそうに思える」

いかにも、と是雄も大きく頷きつつ、

「秦の夜叉丸に繋ぎが取れるか？」

思いついた顔で道隆に訊ねた。

歳こそ若いが夜叉丸も術にかけては道隆に引けを取らぬ腕の持ち主である。

「夜叉丸はいかにも今の藤原に従うを良しとせず秦から抜けた身なれど、術を無駄に使う者にあらず。すべては銭次第」

「銭で済むならいくらでも藤原の方々から引き出してやろう」

「我らだけでは事足りぬと！」

道隆は声を荒らげた。

「そうじゃ。なにもあんな者まで」

髑髏鬼も喚（わめ）き散らした。つい先頃、命のやり取りをしたばかりの相手である。

「夜叉丸を頼りとしたのでは……秦に伝わる鬼封じの函（はこ）はどうかと思いついただけ」

あれか、と道隆も大きく頷いた。

「夜叉丸の話では何百年もの昔からあの函一つで内裏に逆らう鬼たちを退治して参ったとのこと。我らもこの目で函の中に鬼が吸い込まれていく様をしっかりと見た」

「あの函なればわざわざ夜叉丸に頭を下げずともこの館の縁の下に埋めてあろうに」

道隆に皆も首を縦に動かした。

「あれにはすでに鬼が封じられている。もはや用済みの函となったゆえ夜叉丸が後始末をこちらに任せただけに過ぎぬ。一つの函に鬼は一匹しか捕らえられぬ」

「なら、いっそのこと縁の下の鬼を解き放って函を空にするという手もある」

道隆に是雄は眉を曇らせた。

「どう見ても今度の鬼の方が手強そうだ。函から逃がした鬼の始末は後でもできる」

「呪文は？」

是雄は道隆に質した。

「声にこそせなんだが夜叉丸の唇は小さく動いていた。恐らく鬼だけに通じる呪文」

うーむ、と道隆は唸った。有り得る。

「もともと秦氏は新羅（しらぎ）や百済（くだら）を経て我が国に参った一族。呪文とて我らが用いるものと異なって不思議はない。夜叉丸もそれを承知で函の後始末を我らに任せたのであろう。使えぬではなんの心配もないと見てな」

「あやつ、とんだ食わせ者」

道隆はぎりぎりと歯噛みした。いかにも是雄の言う通りであろう。

「しかし、使えたとして、あの小さき函に、あれほどでかい頭が入るものかの」

髑髏鬼は信じられぬという声を発した。

「なるほど。そなたは夜叉丸が鬼を函に封じた場におらなんだったな。側で見ていたのはおれと道隆、そして温史ばかり」

「本体を取り込むのではない。魂だけを函の中に吸い込む。それで鬼も終わり」

道隆に髑髏鬼はいかにもと頷いた。

「繋ぎを取るのはたやすいことだが、今夜では無理。明日中で良ければなんとか」

道隆は諦めた顔で口にして、

「が、明日には鬼の方から攻めて参らぬとも限らぬ。それでいいのか？」

「そのときはそのとき、と覚悟するだけ」

是雄はいつもの顔で頷いた。

3

翌日の昼過ぎ。

道隆は東市（ひがしのいち）の大きな飲み屋の片隅に陣取って苛々（いらいら）と通りばかり睨（にら）んでいた。

かつて銭欲しさのあぶれ者らを大勢引き連れて東や西の市で派手に騒ぎ回っていた夜叉丸のことである。探し当てるにさほど面倒はないはず、と甘く見ていた道隆だったが、案に相違して夜叉丸の消息はとんと摑めなかった。夜叉丸と何度か会って飲んだいくつかの店に自分の居場所を伝え、道隆はこの店でしばらく待つことにしたのである。もしかすれば都を留守にしているかも、と案じたが、せめて夕刻までは待ってみるしかない。

その夜叉丸が悠然と姿を見せたのは陽も暮れはじめた辺りだった。配下一人として連れていない。見た目こそ優男（やさおとこ）だが術と刀の腕にかけては滅多に引けをとらない。

「是雄とは上手く付き合うておるようだな。すっかり是雄の飼い犬となった様子」

向き合うなり夜叉丸は鼻で笑って、

「天下の蘆屋流も地に堕ちたもの」

「そんな無駄話はどうでもいい」

道隆は睨み付けつつ杯に酒を注いだ。

「おれをわざわざ半日以上もかけて探し歩いたからには銭となる話であろうな」

「そっちの口からそう出れば話も早い。頼みは秦の家に伝わるあの函のこと」

　ほう、と夜叉丸は少し意外な顔をした。

「封じる呪文を教え、函を一つ調達してくれればそれなりの銭を出す」

「それなりとは？」

「そっちがまず望みの額を言え。話に乗るかどうかは是雄が決める」

「蘆屋道隆ともあろう者が、今は是雄のただの使い走りか。情けない」

「函を欲しがっているのは是雄。おれではない。おれはそなたを承知ゆえの繋ぎ役」

「下御霊（しもごりょう）神社が欲しいと言うたら？」

　にやりと笑って夜叉丸は返した。

「とても頷きはすまいが、そもそもあんな神社を手に入れてなんとする」

「あの社の建立には秦の先祖が深く関わっている。それを我がものとすれば面白かろうと思ってな。社の地下深くには多くの鬼が封印されている。解き放つのもこちらの勝手。さぞかしこの世が賑やかとなろう」

「秦を抜けてもまだ未練があるらしい」

「都がこれまで無事に乗り切ってこられたのはすべて秦のおかげぞ。現にこの都の風水を見定めたのも我らの先祖。なのに表に出るのは許されず、藤原ごときの手足とされている。おれはそれが嫌で抜け出た」

「そしてうぬが鬼を配下とする都を作ろうとする気か？」

「手伝うつもりなら喜んで迎えよう」

「くだらん。そんな都からは民らが真っ先に逃げ出す。さすれば田畑も荒れように。食う米に困ってなんの都だ。政(まつりごと)とはそれほど甘くない。藤原はおれも反吐(へど)が出るほど嫌いだが、手下の鬼共が酒造りに精をだすとは思えんな。面倒な仕事や指図は藤原の者どもに任せておけばいい」

道隆は一蹴した。

「それで今は喜んで是雄の下に従っているというわけか」

「是雄は任こそ内裏の陰陽寮だが、胸の裡(うち)は常に民の側にある。近くにおれば分かる。そもそも是雄はうぬのことが気に入っているらしい。でなければあの函のことなど口になどするはずがなかろうに」

「では高い銭を払っておれを雇えと申せ」

「ぬしもその気になったか」

道隆はくすくすと笑った。

「呪文は当流の秘中の秘。秦を抜けたとてそのくらいの分別は弁えておる。たとえ帝の命(めい)であろうと明かしはせぬ。呪文なしではあの函とてただの屑箱(くずばこ)と一緒。つまりはおれを雇うしかないということだ」

「こっちはことを急いでいる。今夜中にもケリをつけてしまいたい」

苛々と道隆は口にした。すでに表の空には月が上がりはじめている。

「その顔ではよほどの鬼らしい」

「是雄ですら鬼の正体を突き止められずにいる。早めに片付けぬと後が危うい」

「手掛かりはなにもなしか」

「つい先般、伴大納言と名乗る鬼が出現せし噂、ぬしならむろん耳にしていよう」

「他愛もなき噂に過ぎまい」

「まことの話。我らはそれを見たと申す者の頭の中に潜り込み、しかと確かめた」

「どうやって頭の中に！」

さすがに夜叉丸も仰天した。

「ぬししか呪文を知らずとあれば次の戦いには是非とも同行させねばなるまい。ここで明かしても叱られぬだろうが……その伴大納言とてさらなる上の鬼に操られていた。伴大納言さえただの手足として用いる鬼。ことが大きくならぬうち退治せねば国が危うくなる」

ほほっ、と夜叉丸は笑って、

「身震いするほどの面白さ。おれもその鬼とやらを是非ともこの目で見たい。そういう話なら銭も要らぬ。手助けしてやろう」

手にしていた杯を道隆に突きつけた。

道隆はそれにたっぷり酒を注ぎ足した。

「なるほど。うぬの気持ちが分かってきた」

「どんな気持ちだ」

「是雄の側におれば退屈せぬ、ということよ。思えば是雄の元にはこの国の怪事のすべてが寄せられる。飽きることがない」

　いかにも、と道隆も素直に同意した。

「それで食うに困らぬならおれとて是雄の館の食客になりたいもの。手下どもを食わせてやるのもこれで結構難儀なこと」

「難儀しておったのか。案外小者」

　道隆はくすくすと笑った。

「この酒も近頃は多少控えておった。頭領のおれが飲まずば手下どもも遠慮する」

　夜叉丸は旨そうな顔で酒を口に運んだ。

「しかし、是雄とは何者だ？」

　戸惑いを隠さず夜叉丸は続けた。

「おれは無論のこと、うぬとて是雄と争った相手であろうに。なのに是雄は少しの拘りもなしに頼み事を言うてくる」

「おぬしは是雄とやり合ったとき、無上の喜びを感じはしなかったか」

「まともにぶつかったことはない。術を間近で眺めていただけ」

「それで是雄が分からぬのだな」

　道隆はなるほどと何度も頷いて、

「術士は互いの命を捨てて競ってこそ初めて相手の心に触れられる。その術を会得するに何年の修行を要したのか。どれだけ泣いたことか。そしてそれは友を得た喜びと変わる。我らは等しく仲間なのだ、と」

　自分にも言い聞かせるよう口にした。

4

「まっこと世の中とは分からんもの。いくらなんでもこの者が函持参で手助けに参るなど思いもせんかった。しかも銭とて無用と言いよる。奥底でなにか企んでおるのじゃろう。到底信じられる話ではないわ」

　裏を探る様子で髑髏鬼は夜叉丸の周りをぶんぶんと飛び回った。

「鬼退治が使命などと殊勝なことをほざいても欺されぬ。貴様に使命など似合わん」

「うぬのようなものでも鬼の片割れなればこの函に閉じ込めるのはたやすい。そのこうるさい口を封じてやろうか。うぬとて安らかに眠られよう」

　夜叉丸に髑髏鬼はたじろいだ。

　是雄と道隆は顔を見合わせて笑った。

「おれは是雄ほどの者が手こずっている鬼とやらをこの目で見たいだけ。ましてや是雄が敗れたときは、それをあっさり封じたこのおれが国で一番の術士ということに。今わずかの銭に転ぶより、もっと大きな先行きを得られるかも知れまいに。見過ごす手はない」

「やはりそういう魂胆か！」

髑髏鬼は夜叉丸に喚き散らした。

「騒ぎ立てるゆえからかっておるのだ」

是雄は髑髏鬼を制して、

「夜叉丸の目が笑っていように。せっかくの手助けに異を唱えるそなたが悪い。いい加減に大人にならねばな」

「儂は是雄より歳は五十も上じゃ」

髑髏鬼は矛先を是雄に向けて喚いた。

道隆はぶっと噴き出した。

いつもこの館は賑やかで温かい。

「護摩壇に火を点してございます」

温史が現れて用意の調った旨を伝えた。

淡麻呂も眠そうな目で従っている。

「別れの盃を交わさずともいいのか」

髑髏鬼が芙蓉に目を動かした。

「その函があればすぐ終わるのであろう。どうせなら戻っての祝いの酒がいい」

「そうした油断がなによりの命取り。もし鬼と出会った途端に夜叉丸が殺められでもすればどうなる。呪文なしではただの函。先々まで読んでおくのが肝要ぞな」

「是雄は死なぬと決まっている」

「死なずとも、鬼を取り逃がしてしまう恐れはあるな。いかにも油断は禁物」

「なぜ死なぬと言い切れる」

夜叉丸は是雄と芙蓉に目を動かした。

「戻ってからゆっくり話してやろう。今は鬼封じが先決。酒盛りはその後だ」

覚悟を決めて是雄は腰を上げた。

と同時に玄関先から来客のものと思われる声が皆の耳に届いた。

「あの声は長谷雄どのに相違ない」

やれやれ、と苦笑いして是雄は温史に顎で促した。温史が慌てて応対に出る。

「内裏の中では口にできぬ話のようだ。皆は道場にて待っていてくれ。これだけの数を見れば長谷雄どのとて躊躇いたそう」

「と言うことはもしや鬼の正体でも」

道隆に是雄は複雑な顔で頷いた。

場合によっては今夜の鬼退治を取りやめとすることにもなりかねない。

5

「生き返った心持ち」

話を聞かずに酒でもあるまいと甲子丸に命じて作らせた醍醐湯を、長谷雄は心底美味そうに飲んで大きな吐息を繰り返した。

醍醐とは牛の乳を熟成させて固めたものである。それを熱い湯で溶かし、さらに蜜をたっぷり流し入れ、生の玉子を加えてかき混ぜればとろりとした舌触りの醍醐湯ができあがる。女子供の好むものとして広まっているが、男は滅多に口にしない。

「今宵はそろそろ雪でも降りそうな寒さ」

是雄に長谷雄は頷きつつ、

「それでもこの二日、図書寮に一人籠もりきりで調べ続けた古記録の数々から立ち上る冷気に較べればなにほどのものでも」

「……」

「藤原のご一族とは……いったい、何者にござろうか。ここだけの話、心底震えを覚えましてござる。藤原の蔓、とはよくぞ言うたもの。まさに藤棚のごとく高きところで鈴なりの花を咲かせ、下々の民らが暮らす地面の隅々まで蔓を垂らし、さらには遠くへ種を飛ばす。それがすでに二百年。もはやこの国に藤原の力の及ばぬところなど一つとてありますまい」

静かに是雄も首を縦に動かした。

「お帝(かみ)とて……」

長谷雄は逡巡(しゅんじゅん)の顔をしつつも、

「そのご系譜をおあらためいたせば一目瞭然。どなたであれ藤原の血を多かれ少なかれ引き継いでおられ申す」

「いかにも」

「手前にこれ以上の調べは……今夜はその詫びを申し上げたく夜分を承知でまかり越した次第。役立たずとお笑い下され。仮に鬼の正体の見当がついたとして、それは藤原ばかりかお帝にまで火の粉が降り掛かる仕儀となる恐れが……なにとぞお察しのほど」

長谷雄は是雄の前に両手を揃えた。

「いや、どうぞお手をお上げに。かく言う手前とて、もはや鬼の正体などどうでも、と思うていたところ。手前の任は鬼を退治する側。味方する立場には断じてあらず。仮にそれが藤原のご一族に仇なす者であろうとおなじ。無駄な詮議などせず冥界に送り返すしかないと覚悟を決めており申した」

「左様にござったか」

ほっと息を吐いて長谷雄は額に噴き出ていた汗を手で拭った。

「互いに嫌な世に生まれたものにござる」

「是雄どののお気持ちもそうと知り、心も軽くなりまする。手前の疑念を軽々と口にして構わぬものかと案じておった次第」

「では些少なりとでも見当を！」

「あ、いや、それは身共がその立場にあればと頭に描いてのただの睨み。とても確信にまでは到っておりませぬ。ただ……」

「ただ？」

「そのお方らはいずれも内裏を揺るがす謀反を企てたという疑念より無惨にも誅殺やご自害に追いやられたご様子。さらに怪しきは、その方々の没後とさほど間を空けずして国中に蔓延した疫病の発生。となればもしや、と考えても……」

「たとえばどなた様にござるか」

是雄は内心の驚きを隠して質した。

「声にして出すのはさすがに憚られること。こういうことになるやも、とそれぞれの御名をこれに。あとは是雄どの自らのお手でお調べくだされ」

長谷雄は懐から封書を取り出すと是雄に渡した。長谷雄の手は震えていた。

「皆には今少し道場で待つようにと」

共に長谷雄を見送った温史に是雄は命じた。皆の前で封書を開くのは憚られる。

「長谷雄さまがこの夜更けになんの話でと皆も気になっている様子」

「さもあろうが捨て置け。場合によっては今夜の策とて考え直さねばなるまい」

よほどの大事と察して温史は諒解した。

是雄は一つ吐息してから封書を手にした。自分とてあるいはと頭に浮かべていた名がないわけではない。口にするのが憚られる名であったゆえ胸に秘していただけである。

心を静めて是雄は封書を開いた。

それには五人の名とその享年ばかりを記しただけの一枚の紙が包まれていた。

〈さすがに……〉

紀長谷雄である。素早く目を通した是雄はその睨みの鋭さに唸った。と同時に長谷雄がこれ以上の関わりを避けたいと思う気持ちも充分に得心できた。

長谷雄の仕える中務省は大内裏の中枢機関である。天皇や大臣、参議との繋がりがことに深い。ここに並べられている面々のうちの誰かが近頃都に姿を現わした鬼の正体であるなど断じて口にできるはずがない。ましてや中には当の藤原一族の一人の名まで掲げられているのだ。

大友皇子　御歳二十五
早良親王　御歳三十六
伊予親王　御歳二十五
長屋王　御歳五十四
藤原広嗣　御歳二十五前後

〈厄介なことになりそうだ〉

今一度紙に目を戻し、是雄は思わず腕組みした。この五人のうち、早良親王、伊予親王、そして藤原広嗣の三人は、すでに今よりおよそ二十年以上も前の貞観五年（八六三）、神泉苑で執り行われた御霊会にて是雄の師である滋丘川人の祈禱によって封じられたはずのお方たちである。

是雄は長谷雄に調べを願う際、すでに御霊として祀られているお人は特に案じる必要もなし、と口にしたのだが、長谷雄の方は疫病との関連と三十前後の早世という絞りからどうしても外せないという判断に到ったものだろう。確かに長屋王以外の四人の歳はそれに当て嵌まる。もし四人の中のどなたかが鬼の正体と目された場合、そのうちの三人は師の川人ほどの術士ですら退治できなかった難敵という理屈となる。是雄はぶるっと身震いした。是雄とて、あるいはという想像をしなかったわけではない。勝てぬかも知れぬ、という恐れがそれを遠ざけていたのだ。

〈だが……今なれば〉

夜叉丸が持参した鬼封じの函がある。あの函なら通じるに違いない。そう信じてぶつかるしかない、と是雄は心を定めた。

6

「誰一人として聞いたこともない名だ」

芙蓉は是雄から耳にして苦笑した。東国育ちの娘ゆえ当然とも言える。

「気にするな。儂とて同様」

髑髏鬼は芙蓉に頷いた。

「おなじ鬼のくせしてだらしない」

道隆は呆れた顔で睨み付けた。

「鬼にも善し悪しがある。悪党なれば同業の名をよく承知。それと一緒じゃ」

髑髏鬼は道隆に食ってかかった。

「なにゆえ鬼と化した？」

事情を知らぬ夜叉丸が質した。

「儂かて知らんわい。死んでどれほど経ったか分からんが、あるとき、堪えられぬ痛みで目が覚めた。片目も潰れて見えなくなっておる。必死で助けを求めたが誰にもその声が届かん。体も同様に身動き一つできん。そのままかれこれ十年は過ぎたかの。さすがに儂にも飲み込めてきた。野辺に捨てられた儂の体が腐り果て、骨ばかりとなってから土の下より灌木が生えてきて、その枝が顎の下より目へと貫き、頭だけが木に縛り付けられた形となっておったのじゃ。そしてさらに十五年やそこらは日々泣き叫んで助けを求める毎日が続いた。もし是雄と川人があらわれて気付いてくれなんだら今じゃとて下野薬師寺の裏山に捨て置かれておったはずの身。その恩義に報いるため、せめて二人が死ぬまではと思うて、こうして働いておる」

なるほど、と夜叉丸は了解した。

「川人の言では、さほど珍しきことでもないそうじゃが、儂は同類と一人も会うたことはないの。そもそも鬼など好かん」

髑髏鬼に皆はどっと笑った。

「肝心の是雄の睨みはどうであった」

芙蓉が是雄を真っ直ぐ見て重ねた。

「今並べた者らの中におったか？」

「二人合致していた」

吐息しつつ是雄は応じた。

「誰と誰じゃ」

「大友皇子さまと長屋王」

仕方なしに是雄は打ち明けた。

「つまりは御霊として祀られておらぬ者たちだな。師への余計な気遣いでもしたか」

道隆が心底を見抜いた顔で口にした。

「でもないが……なかったと申せば嘘となる。師ほどのお人が封じられなかったとなれば、もはやこの世に術士など無用と遠ざけられよう。あとは鬼の好き放題」

「確かに」

「それに長谷雄どのがこれと睨みし五人の中で師が封じた御三方、すなわち早良親王、伊予親王、藤原広嗣のうち、早良親王を除いた二人は歴とした藤原の血筋。こたびの鬼は藤原の蔓への恨みとはっきり口にした。親子同士、兄弟間での争いは世に珍しくもないが、何代にも及ぶ恨みを抱くなど尋常とは思えぬ。それゆえ藤原所縁の者は迷わず外して構わぬと見做していた」

「なれど御霊と崇めて鎮めねばならぬほど恐れられた者ら。尋常でなしは当たり前」

「その選定と御霊会の開催のすべてを陰で画策したのは藤原の一族。師川人が選定を任せられたわけではない。ことのついでに御霊として敬えば自分らの気が休まるという程度のものに過ぎなかったのではないのか。師は上から命じられるまま魂鎮（たましず）めをおこなっただけのこと」

「除いた早良親王なればどうだ？」

　道隆は食い下がった。

「藤原一族に対する恨みの強さは存分に得心できるが……親王は崇道（すどう）天皇の諡号（しごう）を与えられた。魂鎮めに当たってそれ以上の敬いはあるまい」

　是雄に道隆は、いかにもと得心した。

「是雄の言葉ゆえ、そうなのだろうが」

　芙蓉は口にして小首を傾げた。

「なにが気になる」

「相手はとっくに死んでいる。その死人が後になって偉い名を貰ったところでそれほど嬉しいものかと思うただけ」

「ただの死人とは別。鬼となってこの世に舞い戻った者。そこまで恨む心が強ければ、その反対もしかり。神に祀られて悪い気はせぬだろう。おのれを祭神とする神社まで建てて貰える。ましてやお帝に等しき身となればなおさら。しかも御霊会とは内裏の命によって執り行われるもの。それで足りぬというなら、もはや我らに打つ手などない」

「しかし現に鬼はあの通り」

「だからこそおれは御霊として祀られた者たちとは違うと睨んでいた。内裏から捨ておかれたままでは怒りも収まりはすまい」

芙蓉はようやく得心の顔となった。

「髑髏天皇か。確かに悪い気はせぬ」

髑髏鬼が、でへへ、と笑った。

「なんのことだ？」

道隆が怪訝（けげん）な顔で髑髏鬼を見やった。

「いや、もし儂が盛大な法要をして貰ってその称号を与えられたら喜んで成仏する」

「阿呆の極みというやつだな」

道隆に皆が噴き出した。

「是雄の言に頷けると口にしただけじゃ」

髑髏鬼は喚き散らして、

「それで得心せぬ鬼など一人とておるまいに。もしおったれば、御霊会の翌日にでも嘲笑（あざわら）いしつつ都の空を派手に飛び回る」

ほう、と是雄は髑髏鬼に目をやった。

「おなじ鬼として請け合ってもいいわ。やつはこれまで碌（ろく）な扱いをされてこなかった者。じゃからいつまでもうじうじと」

それには道隆と夜叉丸も頷いた。

「となると……残りしは大友皇子さまと長屋王さまのお二人ばかりということに」

温史が是雄の目を見ながら口にした。

「おれが真っ先に頭に浮かべたのは長屋王さまであったが、長谷雄どのの調べが確かであれば歳がだいぶ異なる。いかに暗がりの中とは申せ、髑髏鬼ほどの者が六十に近い相手をおれより若いとは見做さぬはず」

そうじゃ、と髑髏鬼も応じて、

「暗いと言うてもあやつの首の周りには青白い火が渦となって燃えていた。それでしっかりとこの目で。どうしたって四十は過ぎておるまい。目に狂いはない。かと言って二十五、六の若さとも思えんがの」

大友皇子の享年は二十五である。

「だいたい、二十五と言うたらここにおる温史や道隆とさして変わらぬ歳。こんな若造どもとは断じて違った。請け合う」

髑髏鬼は明言した。

「そもそも是雄はなにゆえその二人が怪しいと睨んでいたのだ」

芙蓉が膝を進めて詰め寄った。

「御霊会とはすなわちお帝と藤原の一族に仇なす怨霊を鎮め祓わんとして執り行われしもの。国の行く末や民の身を案じての祭事とは断じて異なる。なれど……」

是雄は一呼吸置いて、

「それなれば、まず誰を差し置いても真っ先に魂鎮めせねばならぬはずのお人らが、なぜか外されている。祀るお人らの選定には大臣同席の上で何日もの合議が費やされる。まさか皆がうっかり見過ごしたとは考えられぬ話。となれば、あえてそのお方らを外したと見做すしかなかろうに」

「……」

「藤原の一族にとって、最大の怨霊と目されるのは紛れもなく長屋王。温厚で聡明なお方であったと今に伝えられている。王は当時内裏で権勢を振るいはじめていた藤原四兄弟に対してただ一人押さえ込むだけの力をお持ちの方でもあった。参議など大方の信頼も長屋王にある。そこで四兄弟は長屋王の失脚を目論(もくろ)み、卑劣な罠を仕掛けた。たまたま急な病で薨去なされた幼き皇太子に対し、呪いをかけて亡き者としたのは長屋王その人であると訴えたのだ。長屋王の身近に潜ませていた密偵による報告と言い添えてな。お子を亡くされたばかりで失意の底にあった天皇はそれをたやすくお信じ召された。常に正論をかざしてご自身の施策に反対する長屋王を鬱陶(うっとう)しく思われていたのもまた事実であったに違いない。なんの躊躇(ちゅうちょ)もせず天皇は捕縛の兵を差し向けた。長屋王には弁明すら許されなかった。即座にご自害なされたと伝えられているが、おそらくは藤原の手の者による惨殺とおれは見ている。もし内裏に引き立てて詮議が長引けば天皇の気持ちが変わる恐れとてあろうに。もし無実となった場合、その責めは反対に藤原の方に被さって参る恐れが」

「なんという卑劣な者らだ」

芙蓉は怒りに身を震わせた。

「内裏に仕える大方、さらには都の民らとてそう内心では思っていたに相違ない。ゆえにこそそれから数年後に都中に蔓延した疫病を長屋王の怨霊の仕業と見做した」

是雄に芙蓉は何度も頷いた。

「ましてや長屋王を罠に仕掛けたと思われる藤原の四兄弟が相次ぐようにその疫病で亡くなってはもはや疑いの余地もなし」

「四人とも揃ってか！」

芙蓉は目を丸くした。

「まこと疫病が長屋王のもたらしたものであるなら、藤原の一族にとって長屋王は歴とした先祖の仇。が、それを怨霊として正式に認め、御霊とまで崇め敬えば、今度は藤原の名が貶められる。長屋王を怨霊としたのは当の藤原一族ということが世に広まる。封じたい気持ちは山々でも捨て置くしかあるまい」

「いかにも、というやつだな」

道隆は腕を組んで吐息した。

「面白い。久しぶりに胸が高まる思い」

夜叉丸はにやにやとして、

「道隆ほどの者がこの屋敷に長居しているわけも得心できた。術の修行に何年励もうと肝心の手強き敵とは滅多に巡り合わぬもの。それでは腕を腐らせるばかり。是雄の側におれば鬼の方から近寄ってくる」

「空いている部屋はいくらでも」

笑いで是雄はそれに応じた。

「ことに今は腕の立つ術士がいくらでも欲しい。そなたなら文句がない」

思いがけない誘いだったのか、夜叉丸は傍らの道隆の顔を見やった。

「この通り今は暗くなるまで内裏務めから解き放たれぬ身。酒と飯ぐらいで構わぬなら喜んで。それでおれと温史も留守を気にせずに済む。道隆とそなた、そして髑髏鬼と揃えば鬼とて滅多に近づきはすまい」

おうさ、と髑髏鬼も張り切った。

「ついでに、なんとかという皇子のことも教えてくれ。ただ若過ぎるだけでは……」

芙蓉がまた質した。

「恨みの深さについては疑いもない。が、その矛先が誰に向けられているのかとなると途端に曖昧となる。おれがもし大友皇子としたら、藤原の一族などではなくもっと上のお方を敵と見做す」

複雑な顔をして是雄は応じた。

「藤原より上……」

道隆は口にし、はっと顔色を変えた。

「まさか、天皇！」

「鬼と化した身なれば、もはやこの世に遠慮もなにもなかろう。じかに手を下したのが藤原の者であるなら別だが、生憎と皇子がお命を縮められたその頃は、藤原の礎を築いた藤原鎌足が亡くなって数年後に当たり、次の時代を切り拓いた藤原不比等はまだ若年。藤原の出番はなかった」

「……」

「皇子を攻め滅ぼしたのは後に天武天皇として践祚召され、新しき御世をお作りになられた大海人皇子さま。なれど、率いた軍勢の中に藤原の名は一人として見当たらぬ」

「では違おう」

道隆に他の皆も頷いた。

「が、この争いの裏には隠されたことが多々あるのではないかと疑ってはいた。もしや藤原の誰ぞが裏にいたのやも、と。それで皇子を外しきれなかったのも事実」

苦り切った顔で是雄は明かした。

「隠されしこととは？」

道隆は膝を進めて訊ねた。

「大友皇子のお妃は十市皇女。と言うたとて皆は知るまいが、大海人皇子がお若き頃、額田王と結ばれて産ませた姫。さらに申さば、大友皇子そのお方とて、大海人皇子にすれば兄に当たる天智天皇のお子。つまりは実の甥に当たられる」

「なのに殺し合いの喧嘩をしたのか」

芙蓉は目を丸くした。

「天皇という位が懸かれば大方が鬼となって不思議はない」

皆は無言で頷き合った。

「ただし……古記録に目を通した限り、天智天皇と天武天皇のご兄弟はともにこの国の政と民らのために心底お力を尽くされたお方ら。それゆえにご両人は自らお望みになられて帝位には就かず、お母上を女帝と仰ぎ、皇太子のご身分のまま政務を執るお立場を永く貫かれた。お仲もよろしかったと伝えられている。それは天武天皇が兄である天智天皇のご息女をお妃として迎えたことからも明らか」

「どうも話がよく見えぬ」

芙蓉は眉根を寄せた。

「お二人の喧嘩ではない。天武天皇は兄の天智天皇がお亡くなりになられるまで一度たりとも矛先を向けたことはない。恐らくは天智天皇の側の心の迷いによるものとおれは見ている。どれほど国の先々を案じ召される方であったとして、実の我が子に寄せる思いの強さは別。それまでせっかく二人で手を取り合ってこの国の礎を築いて参ったと申すに、さしもの天智天皇も我が子可愛さに、重い病の床に伏せられて最後の最後で道を誤った。次の帝位は弟に、と二人の間で定められていた約束を白紙に戻し、年若い大友皇子を次の天皇にと臣下を前に公言してしまった」

ひどい、と芙蓉は憤慨した。

「臣下たちもそう思ったに相違ない。古記録の大方も天武天皇の側に寄り添う記述をしている。天武天皇は天智天皇が崩御召されてからおよそ一年後に帝位を継がれておられるが、その奇妙さに詳しく触れたものは一書としてない。恐らく欠けた一年近くの間は大友皇子が天皇として立たれていたのだろう」

「なんでそんな大事をうやむやに！」

髑髏鬼が喚き散らした。

「まことなら鬼となって当たり前。天皇だった者がただの皇子に落とされた。その恨みはただごとじゃ済むまいに」

「だから大友皇子が鬼の正体ではあるまいと見た。皇子なれば藤原の者など相手にせず、お帝のお血筋にこそ的を定めよう」

「真実を隠すゆえこっちの面倒が重なる」

髑髏鬼に是雄は苦笑しながら、

「天皇を殺めた者が新たな天皇となればこの国の政が成り立たなくなる。もはや小国同士で小競り合いをしている時代と異なる。たとえどちらに非があろうと、内裏を挙げてひた隠しにせねばならぬ一大事。その底にはむろん天武天皇こそこの国を任せて安心、という皆の気持ちもあったはず」

うーむ、と髑髏鬼は唸った。

「わずかの手勢しか持たぬ天武天皇が、たった一月も経ずして大友皇子の大軍を討ち破った。内裏の大方が天武天皇の側に従いたせい。それだけで皆が望んでいた次の帝がどなたであったか知れよう。古記録のほとんどが天智天皇亡き後、一年の空位の末に天武帝がお継ぎ召されたと明記している」

「断じて許さんと喚く者も居ように」

「ほう。誰と思う」

是雄は髑髏鬼を見やった。

「その殺された皇子の父親である天皇よ。肝心のときに藤原の者どもらは遠巻きにしおった。儂が親なら、そっちの方こそ憎たらしい。たとえ不比等とやらが年若いと言うたとて、一族をそこまで大きくしてやったのは誰なんじゃ。つまりはむざむざと殺される倅（せがれ）を見殺しにしたということであろうに」

なるほど、と是雄は腕を組んで、

「さすが鬼だけあって鬼の心持ちをよく承知。これで年格好が合えば、いかにも」

面白そうに笑った。

「死んだのは何歳の時ぞな？」

「天智天皇は四十六歳での崩御」

是雄は即答した。歴代天皇のこととなれば大概頭の中に入っている。

「だいぶ上と思えるが、さっき聞いた長屋王とやらよりはずっと若い。怪しいぞ」

得意気に髑髏鬼は重ねた。

「となっては正にこの世の一大事」

是雄は小さく首を横に振り続け、

「万が一にも当たらぬよう祈るしかないな。天智天皇はこの国の守り神にも等しきお方。もはや笑い事では済まなくなる」

「なんじゃその言い種は！　まるで信じておらん顔をしくさって」

「言い忘れていたが、大友皇子は藤原鎌足の息女も妃に迎えられている。つまりは天智天皇と藤原の血を引くお人らが代々続いていることに。そのお方なれば断じて藤原の蔓すべてが憎しとは申されぬはず。薄い縁にせよ正しくご自分のお血筋」

是雄に髑髏鬼はがっくりときた。

7

「結局……どういうことに？」

芙蓉は吐息しつつ是雄を見詰めた。

「鬼の正体はどうあれ、封じねばならぬということだ。我らだけの間でな」

是雄は諦めた顔で返した。

「おれには……今一つ分からぬのだが」

夜叉丸が顎に指を当てながら、

「皆がその鬼と対峙したのは淡麻呂の夢の中と言うのだろう？」

「半々だ。もうしばらく居残っていれば、そこから逃れられなくなっていたはず」

「もしそうなればどうなっておった？」

是雄に夜叉丸は膝を進めた。

「分からぬが……あちらには何日か前の我々も生きている。出会えば互いに厄介。ゆえに鉢合わせする前に戻るしかない」

「つまりは、夢の中のままで、か」

「ぐずぐずしていて実体となってしまえばもはや手遅れ。手早く済ませねば」

「そこが問題」

夜叉丸は眉をひそめて首を横に振った。

はて、と是雄は夜叉丸を見詰めた。

「鬼封じの函はあくまで本物の魂を取り込むもの。鬼とやり合った夢をこれまで何度か見たことがある。目覚めれば函の中に鬼の魂など封じられてはおらん。空っぽだ」

う、と是雄は言葉に詰まった。道隆もその理屈に気付いて唸りを発した。

「実の体となって向こうに残る覚悟があれば、いかにも鬼は退治できようとも、もはやここには戻れまい。まさか淡麻呂の体を引き裂いて飛び出すわけにも」

「が、鬼がおるのは精々十日か前の、おなじこの都の中。自分らと鉢合わせをせぬよう身を隠していれば戻れる理屈」

道隆に多くが頷きを繰り返した。

「屋敷には別の我らが居る」

是雄は厄介な顔で腕を組んだ。

「だから、だ――」

道隆は得意気な笑みを浮かべて、

「その別の我らとて、いずれは同様に夢の中に入り込んで戻れなくなるはず。それを確かめて入れ替わればなにも問題は」

「大ありであろう」

是雄は一蹴して、

「道場には淡麻呂の力によって夢の中に運ばれた我々の体が残されているのだぞ」

あ、と道隆は気付いて舌打ちした。

「そうなれば厄介。なにが起きるか。おれにはその先を思い浮かべることができぬ」

皆は思わず吐息した。

「淡麻呂を叩き起こせば済む話と違うかの。本物の我らはあっちに運ばれた。となりゃ道場の方はただの抜け殻」

髑髏鬼は口にして笑った。

「抜け殻だとて死んではおるまいに」

是雄は小さく首を横に振り続けた。

「夢の中で我らが実体となったとき、道場に眠る我らの体が消えることとて」

道隆が鼻で笑って続けた。

「我らは術士。死など少しも恐れてはおらん。鬼を退治できればそれでいい。なんならおれ一人で行っても構わぬぞ。鬼を函に封じる呪文を夜叉丸が教えてくれればな」

「異国の呪文。そうたやすく会得できるものと違う。行くとしたならおれだ」

まあ待て、と是雄は二人を制した。

「夢の中であの日に戻るのはたやすいこと。そう急くまでもあるまい。他の知恵が湧くまで先延ばしにすればいいだけの話」

「ぐずぐずしているうちに先手を取られる恐れはないかの」

髑髏鬼は案じた。

「それならそなたが参ればいい」

芙蓉はあっさり口にした。

「もともと死んで髑髏となった身。いまさらこの世に未練などあるまいに」

「どうやってあの函を運ぶ！」

髑髏鬼は怒りの目で芙蓉を睨んだ。

「しっかり頭にくくりつけてやる」

「呪文とて儂ぁ知らんわ」

髑髏鬼は吠え立てた。

「是雄が言うたであろうに。すべてを先延ばしにしたとてかまわぬと。三日もあればその空っぽの頭だとて呪文が刻まれる」

「それが芙蓉の本心か！　情けない。儂ぁ芙蓉こそ生涯で得た一番の仲間と……」

「死なずに戻ってこられるではないか。それにこちらに残されているのは魂のないただの髑髏。土に埋めるなり神棚に飾って置いたとてさほどの邪魔にならぬ。是雄や道隆らの体とは別。いくら魂が抜けていようと死んだわけではない。土に埋めるなどできまいに」

「おまえの店の神棚にか！」

想像してか髑髏鬼はでへへとなった。

「それも悪くはないの。毎日そなたの顔を拝んでいられる。よく考えりゃ、この中で儂が死を恐れぬ筆頭であろう。とっくに死んでおる身。しかも芙蓉の頼みとあれば受けずにはおられまい。よし、ここは儂が一肌脱いで鬼を見事に封じてみせよう」

「まぁ、そう張り切るな」

勢いをつけて皆の頭上を飛び回る髑髏鬼を是雄はくすくす笑って鎮めた。

「道隆の言葉ゆえたやすいと思うたのであろうが、呪文を会得するのに三日やそこらでは無理。それほどにたやすいものなれば市中が呪文で満ちていよう」

「いや、今こそ男の見せどころ。たとえ一年かかろうと必ず呪文を会得する」

「それでは間に合わぬ」

是雄はぴしゃりと断じた。

「しかし、今の髑髏鬼の覚悟を聞かされ、おれの心も定まった。これからおれ一人で夢の中に入り込み、名乗りを挙げて参る」

「そなた一人でだと！」

道隆は激しく首を横に振った。

芙蓉も青ざめた顔で道隆に同意した。

「名乗りを挙げるだけの話。逆に数で参れば鬼とて警戒いたそう。第一、敵が攻めてきたとして夢の中。なんの心配もない」

「長引けば分からん」

「ゆえにこそこちらにそなたと夜叉丸の二人を残す。そなたらほどの腕なれば、おれの合図を瞬時に受け止められるはず。ただちに淡麻呂を夢から目覚めさせてくれ」

「危ない賭けとなる」

道隆は腕を組んで天井を仰いだ。

「万が一にも合図を見逃せば終わり」

「それも術士の道を選んだおれの運命。そなたと夜叉丸には悪いが、おれ一人の方が周りを気にせず存分にやり合える」

「我らでは力不足と申すか！」

夜叉丸がいきり立った。

「是雄には二人でかかっても勝てぬ」

道隆は口にして是雄の策に同意した。

噴怨鬼

1

皆は淡麻呂と甲子丸だけが居る道場に移動した。道場の中から淡麻呂のものらしい高いびきが聞こえる。まだ術は施していない。是雄はそっと戸を開けた。

うたた寝をしていたらしい甲子丸が皆の気配を察して居住まいを正した。

「あの函(はこ)、夢の中では使えぬと分かった。生身の鬼をこちらに引き寄せるしかない。おれ一人で参って名乗りを挙げることに」

是雄に甲子丸はあんぐり口を開けた。

「ただそれだけの話に人数は無用。むしろ淡麻呂の傍らに道隆らをつけておく方が安心。おれの合図をすぐに察してくれよう」

なるほど、と甲子丸は得心した。

「しかし……呑気(のんき)なものよな」

これほどの人数が取り囲んでも眠りこけている淡麻呂に夜叉丸は苦笑した。

「たいていは夕餉（ゆうげ）を終えるとすぐに寝て夜明けまでそのまま。夢を見ているのが好きらしい。夢の中だとこの重い頭も気にならんのじゃろう。走りもできようしな」

髑髏鬼に夜叉丸は、いかにもと頷（うなず）いた。

「はじめて会うたときは今の倍も頭がでかかった。歩くのすら難儀そうなありさま。それを是雄が救ってやった」

「おれではない。淡麻呂の体を借りて宿っていた神が自ら抜け出られたせい」

是雄に夜叉丸は仰天した。

「虚言にあらず。芙蓉も甲子丸もしかと見ている。少彦名神（すくなびこなのかみ）さまが淡麻呂から離れて天界にお戻り召されたご様子をな」

芙蓉や甲子丸に目をやってまことと知った夜叉丸は声を失った。

「なればこそ淡麻呂には無限の力が秘められている。過日我らが淡麻呂の夢の中に入れたのも全て淡麻呂の助けによるもの。我らの術程度で成せる技ではない」

「それを淡麻呂の方は？」

夜叉丸は淡麻呂を見やって質（ただ）した。

「なにも知らずに居る。淡麻呂のお陰、と褒めてやっても笑っているばかり」

是雄は愛しそうに淡麻呂の頭を撫（な）でた。

「にしても……少彦名神とは豪気な話。それを肝心の当人が知らぬとはなんとも」

夜叉丸は盛んに首を横に振った。少彦名神とは大国主命（おおくにぬしのみこと）に力を授け、この国を一つに纏（まと）め上げさせた偉大なる神である。

「上には上がある。淡麻呂が見せてくれた夢は微塵（みじん）もこの世と変わりなかった。冷たき風が頬を打てば、犬の糞の臭いもした。いや、もはや夢とは言えぬな。あの日のあの刻限に我らを運んでくれたとしか。立ち会っていた皆がおなじ光景であったと口にしたからには疑いあるまい」

夜叉丸は是雄に目を動かして、

「おれもその夢に入ってみたい。側に居るのは道隆と温史の二人で間に合おう」

同行を願った。

いや、と是雄は口にして、

「どうせ一人で行くのであれば試してみたきことがある」

「まさか、居残るとでも！」

道隆が険しい目で是雄に詰め寄った。

「余計な術になど頼らず、おれ自ら体を抜け出て淡麻呂の中に入ってみようかと。もともと淡麻呂は少彦名神を宿らせていた身。抗いも恐らく少なかろう。知らぬ仲でもない。おれと知れば喜んで迎え入れるはず。もし淡麻呂が拒みしときは引き返す」

「自ら体を抜け出す？」

夜叉丸は是雄と道隆を交互に見やった。

「ぬしも隠れて見ていたであろうに」

道隆に夜叉丸は小首を傾げた。

「神泉苑で鬼とやり合ったときだ――なるほど。ぬしは遠目で気付かなかったか」

「なにを、だ」

「あのとき是雄は鬼の術によって身動きを封じられ池の深くまで沈められた」

「が、すぐに池から飛び出した」

「それがすなわち是雄の魂。実体はそのまま池の底に」

「しかし！　ちゃんと姿が見えたぞ。あれが魂だったなど信じられぬ」

「心を一つにして願えば誰にもできる、と是雄は言うたが、おれには無理」

あんぐりと夜叉丸は口を開けた。

「魂となって体から離れられれば空を自在に飛べるばかりか口も利ける。つまりは術を用いることとて」

「本物の体の方はどうなる？」

「気絶したのと変わらぬ。ま、その時に首でも刎ねられれば難儀しようがな。魂が戻る体を失ってしまう」

「なんと言われても信用できん。そんな術など一度として耳にしたことが――」

「だから是雄には我ら二人がかりでも勝てぬと言ったのだ。こちらには幻。もし体のありかを知らねば倒すことなどできまいに。逆に是雄の方は自在に術を操れる」

うーむ、と唸って腕組みした夜叉丸は、

「決めた。今夜から是雄の食客となる」

何度となく頷きを繰り返した。

「そんな大仰なものでも」

是雄は苦笑して、

「つまりは、よく耳にする生き霊とおなじ。知らずに魂が抜け出て夢と思い込んでいる者とてこの世には大勢居よう。実際淡麻呂もそうとは気付かず体からしばしば抜け出ていた様子。道隆が大袈裟に言うたに過ぎぬ」

「空を飛べると聞いただけでわくわくとする。きっと会得して見せよう」

「鬼封じにかけて、そなたの持つ函に優るものなどあるまいに。欲深と申すもの」

「術士の片割れなれば、あんな道具など頼りとせず堂々と立ち会いたい」

「その割にこれまで術をろくなことに用いておるまい。盗人同然の暮らしぶり」

道隆に夜叉丸は噎せ込んだ。

「館の食客となった途端に口喧嘩か。今のうちに言うておくが是雄と儂の付き合いは二十年以上にもなる。空だとて自在に飛べる。その序列を忘れるな」

得意顔で髑髏鬼は道隆と夜叉丸の頭上をぶんぶんと飛び回った。

「無駄話は後にいたせ」

是雄は髑髏鬼に呆れた顔で言った。

「近頃は甲子丸にすら小馬鹿にされているような気がしてならん。芙蓉にはもっとだ」

「酒のことしか頭にないぐうたら者では軽んじられるのも当たり前」

芙蓉の即座の返しに皆はどっと笑った。

「そろそろ試みてみよう」

是雄は皆の気持ちを引き締めた。誰もが襟を正し息を殺す。是雄は淡麻呂の手首を握ると心を一つに集中した。呪文とは無縁だが自然と口に出る。皆は見守った。

2

「術をまだ施してはおらんぞ！」

気付いて道隆が慌てて是雄を制した。それでは過日の夢とは別の世界に入ってしまわぬとも限らない。

「承知の上」

是雄は目を閉じたまま小さく頷いて、

「が、あの夢は淡麻呂の頭の中にしっかり刻まれているはず。下手に術を用いれば淡麻呂の心を閉ざしてしまう恐れがある。まず中に入り、様子を探る。それで駄目なら今一度抜け出て術をかけ直す」

口にした途端、是雄の体が二つに分かれた。そして一つがゆらゆらと宙に浮く。

夜叉丸は啞然とした顔で見上げた。まさに生き霊が抜け出たとしか思えない。

他の者たちに動揺は微塵もない。

「この通り口も利けるが、おれの実体は抜け殻同然。刀で切りつけられたとて痛みも感じまい。戻るまで眠ったまま」

是雄に思わず夜叉丸は平伏した。

「術とは別物。そう大層なものでも」

苦笑しつつ是雄は淡麻呂の側に立った。

「おれが入ったとて淡麻呂の方は今見ている夢の続きとしか思うまいな。果たして願い通りに上手く運ぶものかどうか」

不安半分の面持ちで是雄は淡麻呂の小さな体に覆い被さる形となった。互いの額と額をくっつける。皆は膝を進めて凝視した。是雄の頭が吸い込まれるように消えていく。信じられない光景に誰もが絶句した。やがて是雄の姿が見えなくなった。

「途方もなき力……この目で間近にしながら、まやかしとしか思えぬ」

夜叉丸に皆も唸るしかなかった。

「いかに霊体じゃからと言うて、是雄が中に押し入って淡麻呂の体はなんともないものかの。もし破裂でもすりゃどうなる」

「そんなことは入る前に言え！」

芙蓉は髑髏鬼に声を荒立てた。

「わ、儂とてまさか是雄がそのまま入り込むなど。てっきり人魂のようなものと」

うむ、と夜叉丸も頷いた。

「心配ない。淡麻呂の顔に少しも変わった様子は。どころか眠ったまま笑っている」

芙蓉に皆は安堵の顔で頷いた。

が……

是雄の方は不安と戸惑いの中に居た。

人の体に、こうして自身の意識をはっきり保ったまま入り込んだのは、初めてのことである。暗い穴の中を掻(か)い潜(くぐ)るようにしばらく進み、ようやく前方に淡い光を認め、それを目当てに辿り着いたのは、なんと、きらきらと輝く水の中だった。

さすがに是雄も慌てた。

しかし、息苦しさは微塵も感じない。

本物の水中であるわけがない。

ここは淡麻呂の頭の中の世界だ。そもそも自分とて霊体である。

心を鎮(しず)め是雄は光の差す方角を探った。右上方に太陽のものらしい眩(まぶ)しい輝きがある。是雄はゆっくり漕いでそこを目指した。

ぽっかりと頭が水から飛び出た。

明るさに是雄は思わず目を瞑(つむ)った。

閉じていても眩しさが伝わる。

「親父さま！　どうやってここに」

大きな歓声が耳に響いた。聞き慣れた淡麻呂のものである。是雄は目を開けた。

広がる光景に是雄は絶句した。

そこには春から夏にかけての草花が一面に咲き誇っていたのである。無数の色の洪水に是雄は目眩すら覚えた。

「こちら、ここにございます」

上空からまた淡麻呂の声がした。

是雄は淡麻呂の姿を探した。

いつの間にか是雄の体は水を抜け出て宙に浮いている。湖と思えたのに、真下に見えるそれは拵えられた小さな円池に過ぎなかった。是雄から吐息が漏れた。

「我らの姿が見えませぬのか？」

是雄の目はその方角に注がれた。

真正面に黄金色の瓦で葺かれた華麗な三重塔が建っている。その最上階の回廊の手摺りに凭れ、満面の笑顔で立ち並ぶ二人の姿が見えた。一人は美しく着飾った幼い娘。もう一人は若い男。是雄は小首を傾げた。見知らぬ二人ということもあるが、そもそも塔の回廊は形ばかりのもので、一階より上に通じる登り口はない。二人はどうやってあの高さまで登れたものだろう。

親父さま、と叫んで若者が手を振った。

是雄は目を丸くした。

顔こそ異なるが正しく淡麻呂の声だ。

「そなた……まこと淡麻呂か？」

空を泳ぐようにして接近した是雄に若者は満面の笑みで頷いた。言葉遣いと容姿はまるで異なるが伝わる温みは淡麻呂のそれと少しも変わらない。が、背丈が倍も高く頭のむくみも見られない。夢の中では頭の重さも無縁となる。生来の浮腫(ふしゅ)がなければ、いかにもこのような若者に育ったに違いない。是雄は何度となく頷いた。

「この愛らしき姫御は？」

薄々と察しつつ是雄は質した。

「親父さまが闇の中から救い出して天に連れて行ってくれた姫。あれからちょくちょくと夢の中に遊びに来てくれまする」

流暢な言葉遣いで淡麻呂は応じた。

なるほど、と是雄は頷きを何度も繰り返した。先々代の帝の姫であるが、生まれつき両腕が肩より失われていて、ために牢獄同然の穴蔵に一人寂しく閉じ込められていた。動き回れぬ辛さと願いが何年も重なって、遂に魂ばかり抜け出る力を得、似た境遇であった淡麻呂の頭に入り込み、夢の中で睦(むつ)まじく遊ぶ仲となったのである。その姫を生き地獄から温かな天へと運び上げたのが是雄であった。

夢の中とはいえ、二人の幸福そうな様子に接し、是雄からぼろぼろ涙が溢れた。

「なんで泣きまする？」

淡麻呂は怪訝な顔となった。

「だな。喜ばなくてはなるまい。こうしていまは二人仲良く過ごしているのだ。芙蓉にも教えてやろう」

「芙蓉姉様もここに！」

「いや、今はおれ一人。そなたの力をどうしても借りたくてやって来た」

「親父さまの頼みとあればなんだとて」

淡麻呂は張り切った。

「先頃、夢の中で我々皆に鬼と化した伴大納言の姿を見せてくれた。覚えておるか」

「……？」

「赤き衣を纏った偉そうな鬼」

「いかにも、それなれば」

「その夢にまた運んでくれ。おれ一人だ」

是雄に淡麻呂はきょとんとした。

「話が通じるかどうか分からぬが、あの鬼に伝えたきことがある。以前の夢では我らの姿が見えておらなかった様子。あの鬼と話のやり取りができようか？」

「さてそれは……難儀なお頼み」

腕を組みながら淡麻呂は続けた。

「そもそもあれは他の者が見たものを事細かになぞっただけに過ぎませぬ。夢とは別物。言うなら盗み見。見たからにはこの頭のどこかにしまわれておりましょうが、探し当てるにも厄介(やっかい)。よしんば見付けられたとしても、何が起きるか見当もつきかねまする」

「入り口さえ開けてくれたら一人でなんとか試みる。あとは成り行き次第」

「ここは手前の頭の中。親父さまにはその夢を閉じるすべがありますまい。もしや争いになったときは逃れられぬ羽目に。鬼とのやり取りが果てなく続くことにも」

うーむ、と是雄は唸りつつ、

「策はその夢を探した上といたそう」

「どうしてもとお望みであれば」

吐息して淡麻呂は印を結んだ。

しっかりとしていた周りの光景がぐるぐると渦と化して回りはじめた。花園や塔が霞んで消えていく。姫の姿もいつしか側にない。刻を遡(さかのぼ)っているらしい。芙蓉の微笑(ほほえ)みや髑髏鬼の顔がちらりと浮かび上がって薄れていく。自分と淡麻呂とが顰(しか)め面(つら)で双六(すごろく)に興じている姿も現れた。一度もした覚えはないが、淡麻呂が望んでいることなのだろう。次々に変わる場面に是雄は目眩を覚えた。

不意に、周辺が漆黒の闇に包まれた。

「恐らくこの夜の出来事かと」

淡麻呂が複雑な顔で呟(つぶや)いた。

目が闇に慣れて次第に形となっていく。道の両側に屋敷の塀がどこまでも延びている。正(まさ)しくあの夜のことと思えた。

「なにやら奇妙」

　霊体の身ながら、ぞくっとした冷気を感じ取って是雄は淡麻呂に耳打ちした。場所はここに相違ないが、これは伴大納言の霊と出会った者の見た景色とは別物だ。それならすでに右手に見える門前に伴大納言が佇んでいなくてはならない。見掛けないからにはその姿が闇に紛れて消えた後と思われる。さらには覗き見していた自分たちも立ち去った後のこととなろう。こちらが逃れたとき、伴大納言の姿は確かにまだ門前にあった。

　是雄の目は右手の屋敷の塀の上に目をやった。大きな松の枝がざわざわと揺れている。何かが潜んでいる気配がある。

「冷気はあの辺りから」

　淡麻呂も察して見上げていた。

「いきなりやり合う羽目となったか」

　是雄に淡麻呂も無言で頷いた。

「ま、かえって好都合というもの。これで話が早くなる」

　是雄はふわりと宙に浮いた。慌てて淡麻呂もそれに続いた。

「大納言さまはそこにおわすか」

　是雄は気配を目当てに声を発した。

「……」

「お忘れと存じまするが、手前は我が師滋丘川人の配下として幾たびかご尊顔を拝したことが。今は陰陽寮(おんみょうりょう)の頭(かみ)を任じられし弓削是雄と申す者」

激しく松の枝の揺れる音がした。

「大納言さまが謂(い)われなき罪を被り、内裏(だいり)からご一族共々遠ざけられてしまわれたこともとくと承知。お怒りが鎮まらぬのは手前にも充分頷け申す次第なれど、報復として都に疫病をもたらすとなれば話は別。暮らす民らにはなんの関わりもありますまい。こたびはそれをお諫(いさ)めいたしたく参上した次第。なにとぞご対面を賜(たまわ)りたく存ずる」

是雄は空中で平伏して願った。

「藤原の蔓(つる)の命を受けての懇願か」

暗がりから声が戻った。

「手前一人の判断にござる」

「どうやって我れが今夜ここに現れると知った。そもそもぬしは生者であるのか」

いきなり伴大納言が眼前に出現した。

「術にはあらねど、生身の体より抜け出ることができ申す。それに……こうしている今とてまことの出来事かどうか。手前は大納言さまが先ほどまで話されていた者の夢の中に入り込みましてござる」

是雄の返答に伴大納言は首を傾げた。

つれて参れ、と頭上から声がかかった。

「わけの分からぬ話。ようござるか」

「その者は儂がここに潜みおるのもすでに承知の様子。なればおなじこと。内裏に関わりおる者なれば話も早い」

「術士のはしくれ。厄介なことには？」

「うぬなどと違って児戯に等しき術など恐れる儂ではない。ここに参れ」

その声は是雄と淡麻呂にかけられた。二人はぐうんと松のてっぺんに運ばれた。抗（あらが）えない強い力であった。

是雄は闇に目を凝らした。

黒い大きな渦が松から離れて是雄の眼前に接近してきた。

渦が次第に輝きを発しはじめた。

その大きな渦の中に男の顔がぼうっと浮き上がってきた。首だけのものである。

「名乗りを挙げたいところだが、かつての我が名を口にしたとて今の世では誰一人として知りはすまい。そもそもその名すら藤原の者らによって卑しきものに変えられておる。陰府（いんぷ）では我れを噴怨鬼と。いかにも相応（ふさわ）しき名。そう心得よ」

鳴り響く声に是雄は威圧された。

しかも若く精悍（せいかん）な顔立ちである。

「長屋王さまにはござらぬのか」

知らぬ名、と鬼は鼻で笑った。

「なにゆえ藤原のお血筋にかほどの恨みを抱かれまする」

「儂にもよう分からぬ。この者の恨み言を聞かされるうち、ついその気になった。藤原の蔓など枯れ果ててしまえば面白し」

　からからと噴怨鬼は笑って、

「陰府も永く過ごせば飽きてくる」

　それだけのことで、と是雄は呆れた。

「藤原の者どもは黙っていたとて陰府送りとなって我が前にやって来る。それで良しと思うていたが、そろそろ根絶やしにしてもよかろう。何事にも限りがある」

「民まで巻き添えにしてでござるか」

「民など雑草に過ぎまい。また生える」

「それが本心にござるなら手前の敵」

「そなたごとき敵の数にも入らぬ」

　噴怨鬼は鼻で笑って息を吹きかけた。

　是雄の体は一気に飛ばされた。

　と思ったが、今度は引き寄せられた。吐いた息を噴怨鬼が吸い込んだのである。

　是雄は生まれて初めての恐れを抱いた。

「我が力をもってすれば藤原の蔓に連なる者らを葬ることなどたやすき所業。が、あまりにも数が増え過ぎた。いちいち見定める暇(いとま)もない。疫病としたのは、詰まらぬ面倒を避けんとしての策。

その禍いの種が鎌足の血脈にあると知れば一族の罪の深さを思い知ることにもなろう。それこそ我が望み」

噴怨鬼は薄笑いで続けた。

「一年後としたのも温情にはあらず。限られた命と知る方が恐れは強まるもの。まして、なにをしたとて避けられぬと気づけばなおさらぞ。疫病ではどこに逃げ隠れいたそうが無駄。国とて大いに乱れよう。すべてが藤原の蔓の悪行のせいと世に広まれば、病に罹る前に殺される者とて数多く出ような」

その言葉に是雄は身震いした。

「戻って藤原の者どもに伝えよ。この国は一年後には人の住まぬ荒地となる、とな」

噴怨鬼は得意気に哄笑した。巨大な顔をぐるぐると渦が取り巻いた。

「うぬも死のうが、なにやら気に入った。陰府に参ったときは我れを頼って参れ」

笑いを残して渦とともに首が消えた。

伴大納言の姿もいつしか見当たらない。

是雄は……ただただ威圧されていた。

敗北に等しい溜息しか出てこない。

「親父さま。いかがなされた」

淡麻呂が案じて声をかけてきた。

「この数日、あの鬼がなにも仕掛けてこなんだのは、おれが侮られていたせい」

本心から是雄は口にした。

「鬼が言うた通り、おれなど物の数にも入れられておらぬのだろう。実際、今はことごとく術を封じられていた。身動きすらままならぬ有様。まだ寒気が薄れぬ」

吐息して是雄は肩を落とした。

「自惚れていたつもりはないが……やはりどこかで思い上がっていたのであろうな。向こうは陰府で何百年と過ごしていた身。思いの強さはおれごときの比ではない」

「なれど皆が力を合わせれば」

淡麻呂は涙顔で続けた。

「そのために皆は神より選ばれ申した」

ん、と是雄は淡麻呂を見詰めた。

「陸奥にて皆があの鬼と」

「やり合うと言うのか！」

それに淡麻呂はしっかり頷いた。

「なにゆえ陸奥なのだ？」

それに淡麻呂は小首を傾げた。

「あれほどの力を有しているなら、蝦夷たちを頼りとせずとも望みは果たせるはず。いかにも藤原の蔓を一人一人見極めるは面倒に違いないが、一年待つつもりがあれば、その間に命を縮めるのはたやすきこと。内裏に通じた伴大納言という配下もおる」

是雄は顎に指を当てて頭を働かせた。

「道隆は蝦夷を操って内裏との大戦さに持ち込む腹と見做していたが、あの鬼ほどの強大な力があればそれこそ無用な回り道。蝦夷の力など当てにせずとも疫病で都は早晩人の住まぬ地と成り果てよう。まこと我らが陸奥にてあの鬼とやり合うのであれば別の理由があるに相違ない」

「……………」

「陸奥の夢……他になにか見ておらぬか」

「家ほどに大きな岩のある森に皆が」

「そこでなにをする？」

「打ち揃って岩に祈りを……」

淡麻呂は必死に思い出そうとしていた。が、それ以上は出てこないらしい。

「見たことのある場所か？」

いいえ、と淡麻呂は首を横に振った。

「陸奥で大きな岩のある森と申せば、思い当たるのは東和の丹内山」

「そうです！　皆の先頭に立って案内召された親父さまがその名を」

「あそこには艮の金神が封じられている」

寒気を覚えながら是雄は返した。

「うしとらのこんじん、とは？」

「内裏にすれば一番に恐れる神」

「それが今の鬼とどんな関わりが？」

「我らが出向いて加護を願ったからには、あの鬼が艮の金神の敵という理屈になりそうだが……その関わりとなればなんとも」

正直に応じて是雄は吐息した。

「あるいは……鬼が艮の金神を解き放つ気でおるのやも。そうなれば都どころかこの国のほとんどが滅び去る」

「それほどの神をどうやってこれまで封じ込んでこられたので？」

「蝦夷はアラハバキという神を敬っている。その神の力によってと耳にした」

淡麻呂はそれに大きく頷いた。

「かつておれと小野春風さまは別の一件で丹内山まで足を運んだことがある。そうしてあの大岩の下に艮の金神が眠っていることを察知した。即座に春風さまは、この大岩にだけは断じて手出し無用と内裏に進言召され、東和の里に据えられていた兜跋毘沙門の巨像の修復にも着手なされた」

口にしつつ是雄は一人頷いた。淡麻呂の見た先行きの中には小野春風も加えられている。となればやはり艮の金神が今度の一件に大きな関わりを持っているに違いない。

「すぐにでも向かわねばなるまいな」

「陸奥にござりますか！」

淡麻呂の顔が輝いた。

「策もなし。皆の力を合わせたとてたやすく勝てる相手ではなかろうが……そなたの見る先行きだけは確か。であれば都に居て先延ばしにするより気が落ち着く」

「内裏のお許しが得られましょうか」

「そなたの見た夢。季節はいつだった。今から春まで陸奥は雪に覆われている」

「大岩に雪はありませなんだ」

「では春を待っての旅立ちとなるか」

是雄は舌打ちした。逆に言うなら春まで無事の身という意味になるのだが、それはあの鬼が自分たちになんの脅威も抱いていない証(あか)しとも言える。内裏に仕える陰陽師としてこれ以上の屈辱はない。

「しかし、頭の中とは不思議なものだな」

あらためて淡麻呂の凛々(りり)しい姿を見やりながら是雄は、

「ずっと昔からその姿であったのか」

首を捻(ひね)りながら質した。

「親父さまはどうでありました。幼少の時分から今のお姿のような夢を？」

「まさか。その時々のおのれだ」

「手前とて。夢の中の自分も起きているときと変わらぬ歳にございます。ただ異なるのは自在に動け、頭に思うことが好きに口にできること。こうして夢の中で親父さまと対面が叶い、なにより嬉しく存じます」

淡麻呂は微笑んで深く一礼した。

是雄は淡麻呂を強く抱きしめた。

3

「おおっ、戻った、戻りおったぞ」

眠りこけている淡麻呂から是雄の薄ぼんやりとした影がふんわりと抜け出るのを認めて髑髏鬼が歓喜の声を発した。

芙蓉も大きく安堵の息を吐いた。

道隆と夜叉丸も案じていたようで笑いを浮かべた。是雄が潜り込んでわずかの時間でしかないのだが、死んだごとく身動きしない是雄の体が側にあれば不安になる。

「いやはや、内心じゃどうなることかと」

髑髏鬼は是雄の周りをぶんぶんと飛び回ってはしゃぎまくった。

是雄は皆に頷いて自分の体に入った。

すぐに是雄の手足がぴくぴくと動く。重ねて是雄がゆっくりと瞼(まぶた)を開いた。

またまた皆の顔に喜びの色が広がった。

「心配ない。体はちと重いがな」

是雄の肉声にどっと笑いが起きた。

まだ眠りこけている淡麻呂の世話を甲子丸に任せて皆は道場から広間に移った。

「淡麻呂が夢の中では別人のごとくしゃきっとしておったというのか！」

真っ先にそれを聞かされて髑髏鬼は仰天した。そんな淡麻呂が想像できない。

「おれも驚いたが、夢なればこそ、とも言えよう。そもそもそなたとて夢の中では髑髏一つになる前の姿で居るのではないのか」

おお、と髑髏鬼は声を発して、

「いかにも女房やガキどもと飯を食うたり、他の女となにするときは元の体となっておる。役人に追われて逃げるときもな」

「そう思えば不思議でもなかろう。淡麻呂はあの重い頭で自在に動けぬ身。せめて夢の中ではと願って当たり前」

「私もそういう淡麻呂が見たかった」

芙蓉は涙を溢れさせた。

「それより鬼の話が先」

道隆が膝を進めて成り行きを質した。

「しかと対面は果たしたが、あの鬼は我らのことなど蚊ほどにも気に懸けておらぬ。今日までなんの手出しもなかったは、さもなき相手と侮られていたせい」

「……！」

「ことごとく術を封じられ、手出し一つできなかった。まるで赤子の扱い」

「是雄ほどの者がか！」

道隆は仰天した。温史も青ざめた。

「肝心の正体は？」

夜叉丸が詰め寄った。

「摑めぬ。噴怨鬼と自ら名乗りを挙げたが、それは陰府での通り名らしい」

「噴怨鬼、とだけか……」

「なにやら浮かぬ顔」

是雄は察して夜叉丸を見やった。

「通り名では函に封じられるかどうか」

夜叉丸は吐息して応じた。

「なるほど。本名でなくては御霊（ごりょう）封じができぬのと一緒の理屈か」

すぐに是雄は理解した。

「ど、どういうことじゃ」

髑髏鬼は慌てた。

「鬼と言うたとて無数の者が居ように。閻魔大王ならさすがに一人しかおるまいが、的を絞りきれぬときは術の力が弱まる」

是雄に夜叉丸も頷いて、

「そもそも呪文の唱えようがない。無論試してみなくては分からぬことだが、函に封じられるのはただ一匹。もし別の鬼を取り込んでしまえばそれで終（しま）いだ」

「函はどれだけあるんじゃ？」

髑髏鬼が詰め寄った。

「おれの手元に残るはこれ一つ」

夜叉丸に髑髏鬼はがっくりとなった。

「今ここであれこれ案じたとて仕方ない」

是雄は苦笑いをして、

「本当の戦いは春。まだまだ先の話」

はて、と温史は首を傾げた。

「噴怨鬼の狙い、どうやら陸奥に封じ込まれている艮の金神にあるらしい」

「う、艮の金神にござりまするか！」

温史は悲鳴に近い声を発した。

道隆と夜叉丸の二人も身を強張（こわば）らせた。

「なんじゃ、それは」

髑髏鬼は呑気（のんき）に質した。

「鬼の眷属（けんぞく）のくせして知らぬのか」

道隆は呆れ返った。

「儂ぁ鬼じゃないわい！　そっちが勝手に鬼と呼んでいるだけぞな」

「都に住んでいる者なら幼子だとて艮の金神の怖さを承知であろうに」

「あいにくと儂ぁ根っからの下野育ち」

「物知らずにも程がある」

「いやいや、むろん耳にしたことはあるがの、どんな者かまでは知らんかっただけ」

「都の防塁である羅城門は艮の金神の侵入を防ぐために設けられしもの。それゆえ門の楼上には艮の金神がこの世で最も苦手とされている兜跋毘沙門天の像が据えられている」

苦笑しながら是雄は髑髏鬼に続けた。

「都にとって艮の方角は陸奥。内裏が蝦夷を恐れるのにはその理由もある」

「つるんでいると見ておるのじゃな」

「もしも艮の金神が蝦夷の手助けに回っていたなら都などとっくに滅びていよう」

是雄は苦笑いして、

「そもそも艮の金神をこれまで地の底に封じ込んで参ったのは蝦夷たち。その道理すら大方は分かっておらぬ。いや、しかと承知しながら内裏は蝦夷の怖さを民らに吹き込んできた、と言えるだろうな」

「なんでそんな出鱈目を？」

「民らに恐れるものがあればあるほど政はやりやすくなる。その脅威から守ってくれている内裏への信頼が増すというもの」

「まっこと碌な者らではないの」

「余計な話は後だ」

苛立った顔で道隆は制して、

「それより、今の話、まことのことか。おれは艮の金神が陸奥に封じられているなど一度として耳にしたことがない」

是雄に詰め寄った。

「気配は確かに。春風さまもそのとき一緒であった。ゆえにこそこたびの陸奥行きに春風さまもご同行するのであろう」

「気配ばかりでどうして艮の金神と？」

「十年近くも昔の話だが胆沢の鎮守府に程近い東和の里と申すところで別の鬼封じのための祈禱の最中、忽然と山一つを燃やし尽くしてしまいそうな強大な気が地の底より噴き上がって参った。正体を突き止めんとして用いていた式盤が激しく回り続けて煙すら噴き出す始末。やがて落ち着いた針の先は艮の方角を示したまま動かぬ。それ以上続ければなにが起きるか……身が縮まるとはあのこと」

是雄の話にだれもが身震いした。

「いかにその函とて……」

是雄は吐息とともに夜叉丸を見やって、

「神までは封じ込められまい」

「試した話は聞かぬが、だろう」

夜叉丸は渋い顔で認めた。

「もしあの鬼が艮の金神を解き放てば、我らにはもはや打つ手がなくなる」

是雄の言葉に皆は青ざめた。

「そうなる前に噴怨鬼を仕留めるか、蝦夷の神の手助けを願って艮の金神と立ち向かうか、道は二つに一つ」

「そりゃ、あまりにも虫が良すぎる話ぞな。こっちはこれまで蝦夷を散々な目に遭わせてきた側。どの顔して頼む気じゃ」

髑髏鬼に芙蓉も険しい目で頷いた。

芙蓉も蝦夷と同様、内裏から卑しき蛮族と蔑(さげす)まれ討伐の対象とされてきた常陸(ひたち)の土蜘蛛一族の血を引く者である。朝廷を敵と見做している。

「艮の金神が世に現れれば陸奥の地とて断じて無事では済むまい。そもそも艮の金神を地下深くに封じたのは蝦夷の神。それへの恨みは強かろう。都が滅びる前に陸奥が荒れ地と化す恐れとて。いや、必ずそうなる」

「今になってその言い種(ぐさ)はなかろう。いったいどれだけの民らが内裏の兵らに殺され、血の涙を流してきたことか！　是雄は結局内裏の飼い犬でしかなかったのか」

芙蓉の目から涙がどっと溢れた。

「おれは常に民の側にあるつもり。なればこそ噴怨鬼ごときのために蝦夷の一人とて死なせたくない。が……万が一にでも艮の金神が世に出れば真っ先に襲われるのは陸奥の地」

「そやつが封じられている山の一帯から蝦夷たちを遠くに逃れさせれば済む話。そうすれば蝦夷のことは後回しにして都を目指すやも。蝦夷を巻き込むまでのことはない」

「鬼一匹ならそれで済むかも知れぬが、神を相手にどうやって立ち向かう？　術士が百人居ようと神には通じぬ。そもそも我らの用いる呪文はことごとく神から授けられしもの。神を封じる力を持つのは神ばかり」

それにはさすがに芙蓉も押し黙った。

「ま、そう先々を案じたとて切りがない。とにかく陸奥行きがこれで定まった。幸いに噴怨鬼とやらが我らのことなど気にしてもおらぬと申すなら策を練る暇はいくらでもあろうに。陸奥の雪解けにはまだ間がある」

髑髏鬼が二人の仲裁に入った。

暗い顔ながら皆も頷いた。


「足を運んで貰った当夜に慌ただしい仕儀となったな」

夜叉丸の差し出した盃に是雄は苦笑いしながら酒を注いだ。今夜から夜叉丸はこの屋敷の食客として共に暮らすことになる。

「正直……まだおれにはなにがなにやら。鬼どころか、いきなり艮の金神」

居並ぶ皆もそれに頷きで応じた。

そこに甲子丸が淡麻呂を連れてきた。ようやく術が解けたらしい。淡麻呂は皆が揃っている顔を眺め、迷わず芙蓉の傍らに座った。「今夜の一番の手柄は淡麻呂ぞ。ありったけの菓子を目の前に積んでやれ」

髑髏鬼が甲子丸に叫んだ。

「おいら、なにかしたのか」

淡麻呂はきょとんとしながらも喜んだ。

4

「金神七殺……か」

静かに盃を口に運んでいた是雄から、不意にその言葉が洩れ出た。

意味を承知の道隆、夜叉丸、温史の三人はぎょっとした顔で場を見渡した。

「なんじゃ？　どうした」

髑髏鬼が是雄たちを睨み付けて質した。

「いや……ただの巡り合わせであろうが、この場にはおれの他に丁度七人居る」

是雄は苦笑いで見渡した。

芙蓉、淡麻呂、髑髏鬼、温史、甲子丸、道隆、夜叉丸と正しく七名。是雄にとってもはや身内同然の者たちである。

「じゃから、それがなんじゃと」

髑髏鬼に芙蓉も大きく頷いた。

「金神に少しでも逆らう真似をすれば、その者は身内あるいは同然の者を七人失う」

道隆が是雄の代わりに口にした。

「身内七人じゃと！」

髑髏鬼は仰天してこの場にいる者の数をかぞえた。確かにその通りである。

「ま、まさか。冗談が過ぎるわい」

髑髏鬼はへらへら笑って皆を見渡した。

が、是雄に笑いは見られなかった。

「そ、それこそ迷信というやつじゃろう」

「鬼や魔物を常に相手としている我らに迷信などというものはない。世迷(よま)い言(ごと)と遠ざける者たちは闇の世を知らぬに過ぎぬ」

「わ、儂ぁとっくに死んだ身。数には入るまい。それなら六人となる」

「いまさら命惜しみか」

道隆は侮蔑の目で髑髏鬼を見やった。

「死んだおれがそれを恐れてなんとする。七人という数には合わんと言うたのよ。勝負はこれからというときに、力の抜けるような戯言(ざれごと)は聞きとうない」

「なるほど。いかにも髑髏鬼はとうに死んだ身。おれの考え過ぎか」

是雄はくすくすと笑った。

「が、淡麻呂は陸奥への旅には小野春風も一緒すると言った」

芙蓉が口にした。それでまた七人。髑髏鬼はがっくりとなった。皆も吐息する。

「今度ばかりは嫌な先行き。いっそのこと陸奥行きは止めにしたらどうじゃ。その後のことは成り行き任せとすればよい」

髑髏鬼は是雄に迫った。

「淡麻呂の見た先行き。外れたことは一度としてない。何を講じたとして無駄。こちらが望まずとも内裏の命が下るはず」

「従わずに陰陽寮を去ればよかろう。万が一陸奥と都が滅びたとて、この国の全部じゃあるまい。呑気に暮らせる場所がきっとある。なにも是雄や皆が藤原の腐った蔓を守るため命を捨てることはなかろうに。むしろ我らが新しき国を作ればいい」

「藤原の蔓はともかく、罪なき陸奥の民らを見殺しにして新しき国と胸を張れるか？　それは都に暮らす民とて同様。なによりおれは鬼と戦うため術を学んだ。それを捨てて逃げてはもはやおれがおれではなくなる」

「その我儘で仲間を失ったとて平気じゃと言うのか！　それが是雄の本心か」

珍しく髑髏鬼は吠え立てた。

「我らはぬしの子同然の身。ぬしが死ねと言うなら死にもしようが、それでぬしには悔いが一つも残らぬと申すのか」

それに是雄はたじたじとなった。

夜分に失礼申し上げる、と玄関口から大きな声が響き渡った。

皆は思わず顔を見合わせた。

「あのがらがら声は剛俊じゃな」

髑髏鬼に是雄もなるほどと頷いた。

中原剛俊は検非違使庁（けびいしちょう）の大志（だいさかん）として小野春風の下に仕えている。

「別当の小野さまもご同道してござる」

重ねた言葉に甲子丸は慌てて飛び出た。

「もしや内裏になにか大事でも！」

温史も緊張の顔で甲子丸に続いた。

「噴怨鬼は一年待つと口にした」

是雄は言いながらも舌打ちした。こちらを油断させる策とも考えられなくはない。


「つい先ほど、内裏より儂に陸奥権守（ごんのかみ）として多賀城（たがじょう）に赴任せよとの命が下された」

上座に腰を据えるなり春風は吐息一つしてからそれを苦々しい顔で是雄に伝えた。

「は？」

「が、すぐに参れという下命ではない。陸奥への出立は春を待ってのこととなる」

「陸奥に何やら不穏でも？」

是雄は膝を進めた。

権守は内裏の官職として正式なものではない。各地に於いて天変地異とか戦さの勃発などの際、その国の守（かみ）の補佐役としてその都度特別に任ぜられる役目である。

「あ、いや、大層なことにあらず」

苦笑いして春風は手を振って、

「数年前に出羽国（でわのくに）を襲った大地震。そのせいで出羽国府（こくふ）周辺の地勢が激変した。国府に通じる道が到るところで寸断され、田畑も荒れた。そのままでは国府の威信すら保てぬ始末。先々を案じた出羽守 坂上茂樹（さかのうえのしげき）どのが国府の移転願いを内裏に奏上した」

承知、と是雄も頷いた。

「その際の内裏に於ける審議には儂も召集を受けた。永く胆沢鎮守府に過ごした身。出羽の地勢にも詳しい。それで召されたのだろうが、坂上どのが新しき国府建造を願った地については首を横に振るしかなかった。下野国府と目と鼻の場所。そこではあまりにも陸奥と出羽の中心から離れすぎている。なにかことありし場合、全てが後手後手に回されてしまおう。蝦夷たちと和議を結んだ直後とは申せど、万が一騒ぎでも起きれば取り返しのつかぬ羽目に。とりあえずは頑強な補修を施し、蝦夷たちとの無駄な諍（いさか）いを慎むのが第一、と進言いたした」

「正論と心得申す」

是雄は大きく首を縦に動かした。

「が、坂上どのは蝦夷の恭順を信用しておられぬお人。なにしろ坂上どのは蝦夷たちを完全に撃滅した坂上田村麻呂（たむらまろ）さまのお血筋。その恨みがご自身に向けられても不思議ではないと案じておられたのかも知れぬ」

「それで国府の場所を下野寄りに、と」

「なんだかだと理屈づけて補修も滞っているままであるとか。内裏もほとほと手を焼いてか、儂を陸奥権守として送り込むことに。その立場であれば出羽守の坂上どのと同格。儂も出羽国府の移転築城に断固として反対した身なれば断るわけには参るまい」

「失礼ながら……そういうことであるなら、春風さまを出羽守に任じ召されて、坂上さまを都へとお戻しなされるのが最もたやすき話と存じまするが」

「あいにくと儂の授かっている階位は出羽守に任ぜられる者より高すぎる。それはそれで新たな問題となりかねぬ。と言って出羽守を牛耳れる陸奥守とするのも後々の厄介の種とみられたのであろうな。儂は六年以上を陸奥で暮らした。儂の蝦夷贔屓(ひいき)はだれもが承知。陸奥権守の立場であれば、ことが収まり次第早々に都へと呼び戻せる」

是雄は吐息した。そうに違いない。

「いずれにしろ」

春風はくすくすと笑って、

「淡麻呂の見た先行き、見事に的中した。下命を慎んで受けながら苦笑いを堪(こら)えるのに難儀したぞ。まさかふたたび陸奥とは」

「たった今まで我らも陸奥行きの相談をしていたところにござる」

と聞いて春風は目を丸くした。

「未だに鬼の正体は不明なれど、目下の狙いは陸奥にあると思われまする」

「……」

「淡麻呂は我らが例の丹内山の大岩を前にして鬼退治の祈禱を唱える場をしかと見ているそうな」

「それでそなたらと儂が打ち揃って陸奥へと出向くというわけだの」

「御意」

「しかし……丹内山の地中に封じられているものには断じて手出しならずと言うたは当のそなた。解き放てば国が滅びる、とも。それほどのものの手助けを得ねばこたびの鬼に立ち向かいできぬということか」

「解き放つつもりでおるのは鬼の側。祈禱はそれを阻止するためのもの」

「なんのために鬼がさような真似を？」

「あの鬼は藤原の蔓どころか、この国すべてを葬り去るつもりと心得まする」

春風は仰天の唸りを発した。

「遅れを取れば間違いなくそのように」

「なぜそうと知れた！」

春風の声は掠(かす)れていた。

「淡麻呂の見し先行きからの推測」

うーむ、と春風は身を強張らせた。

随行してきた剛俊も冷や汗を拭った。

「このこと、どなたまで承知の話じゃ」

「まだここにおる者ばかり」

それでいい、と春風は何度も頷いて、

「上奏したとて内裏の誰一人として信じはすまい。いたずらに騒がすだけぞ」

「手前にもそのつもりは。千や二千の兵を用いたとて勝てる相手にはござらぬ」

それに春風は青ざめた。

「我らにしても到底力不足」

「出羽国府の移転どころの話ではなくなった。そなたの力をもってしてもむずかしいとなれば、まさに由々しき事態」

春風は大きな吐息をした。

「あの地に封じられているのは艮の金神。それをしたのは蝦夷の奉じるアラハバキの神。かくなれば蝦夷の手助けを得るしかないと考えおっていたところ」

「それもまた難題」

眉をひそめて春風は腕を組んで、

「蝦夷らに対するこれまでの内裏の仕打ちを思えば、裏目に出ることとて有り得る。お帝とて今更蝦夷たちに頭を下げはすまい」

「ゆえにこそ我らばかりの独断でことを運ぶしかないと覚悟を定めてござる」

是雄に春風は絶句した。

「肝心の蝦夷がどう出るか……だの」

腕を組んで春風は続けた。

「内裏の側に身を置く儂が口にすべきことではなかろうが、これまでの経緯を思えばたやすく手助けをしてくれるとはとても」

「だからおじちゃんと是雄が一緒に来るようにしたんだ」

淡麻呂が笑顔で口にした。

「蝦夷の皆は二人が大好きだ」

是雄と春風は顔を見合わせた。

「二人じゃないと誰も言うことを聞かない。反対に鬼の側に回る」

「誰がした？」

是雄は淡麻呂を見詰めて訊ねた。

「なんのこと？」

「今そなたが口にしたばかり。そのためにおれと春風さまが一緒に陸奥へ参るように仕向けた、となし」

それに淡麻呂は小首を傾げた。無意識に口から出た言葉らしい。

「もしや昔からそなたの頭の中に住み着いていたお方ではないのか？」

あ、と淡麻呂の目が輝いた。

「おいらがうんとちっちゃな時に見た夢。是雄と会うよりもっと前の夢だ」

「少彦名神さまのご配慮であったか……」

是雄の目から思わず涙が溢れた。

「ど、どういうことだ」

夜叉丸が膝を進めて、

「その神ならとっくに淡麻呂の体から抜け出て天に戻ったと聞かされたぞ」

「だから淡麻呂自身が言うたであろうに。その夢を見たのはおれと出会う前のことだと。その頃なれば淡麻呂の頭の中には少彦名神さまがお住まいなされていた」

「つまりは、十年以上もの先行きを見越して淡麻呂にその夢を見させたと……」

「そういうことになるな」

「な、なにを呑気に。それでは是雄とて大昔から少彦名神に見込まれていたという理屈となろうに」

夜叉丸に皆は思わず顔を見合わせた。

そして大きく座が沸き立った。是雄が神より選ばれし者と知ってのことである。

「勝ち負けまでは分からぬ」

逆に是雄は皆を引き締めるように、

「それより、これで陸奥行きが定まった。もはやおれに迷いは一つもない」

皆もしっかりと首を縦に動かした。

「アラハバキの神と申したが……」

陸奥行きの固めの杯を皆で一斉に飲み干した後、春風は思い出したように、

「確か陸奥の多賀城の片隅に小さな社がぽつんと建てられていた」

「その神にござります」

是雄は暗い目で頷いた。

「兵の二人もあれば壊せそうな、いかにも頼りなき社。あの軽い扱いの神にさほどの力があるとは信じがたき気がいたすの」

「あの小社はこちら側で設けしもの。蝦夷たちの建立したものにはござりませぬ」

「蝦夷の神を我らの側でか？　それで蝦夷らの懐柔をせんとしたとて、あれではむしろ蝦夷に対する侮蔑と捉えられかねぬ」

「いや、あれは蝦夷のあの一画からの攻めを防がんとして据えたものにござろう。攻め入るにはあの社を踏み荒らしてくるしかでき申さぬ。蝦夷たちはそれを断じて良しとはせぬはず。別の方角からの策を講じましょう。それで多賀城の守りがしやすくなりまする」

「敵の神をおのれらの盾としたわけか」

「さよう」

「まさに姑息な手段としか言えぬ」

春風は呆れ返った顔をして、

「蝦夷たちとてしばしば多賀城に出入りする。あの粗末な扱いを目にすれば腹も立とう。それをしながら他国と同等の扱いと言うたとて得心するわけがない。こと蝦夷となれば一事が万事それだ。蝦夷が内裏に不信を抱くのも当たり前。本心から迎えるつもりであるなら内裏の奉じる神の社と同等のものを建立して敬えば良い。それで我ら兵士の危惧とてだいぶ薄れるだろうに」

またまた吐息した。

「儂ぁ蝦夷のことなどなんも知らんが、こうして聞けば聞くほど呆れ果てる。よくぞ今の程度でおさまっているものよ。まっこと内裏の者らは碌なもんじゃないわい」

髑髏鬼ですら喚き散らした。

「そんな者どものために鬼退治などする気にはなれなくなったわ。いっそのこと皆で都など捨てて陸奥に移り住むのも一興ぞな。そうすりゃ我らも蝦夷の仲間。アラハバキとやらの手助けとて得られるやも知れん」

「そしてどうする？」

是雄は髑髏鬼を見やった。

「知れたこと。本当の敵は都におると艮の金神に言い聞かせる。それで内裏も終わり。そうして蝦夷と共に新しい国を作る」

皆は唸りを発した。

「じゃろう。その方がずっといい。我らとて誰一人死なずに済む」

「都に暮らす民らはなんとする」

「逃げるよう知らせる間は作れように」

「藤原の蔓も逃げ延びる。あのお人ら逃げ足だけは速い。さらにこの国には藤原の血筋が支配する地がいくらでも。切りのない戦が続くことに。やがては全ての国が荒廃いたす。そして、死者の大方は無辜の民」

是雄は口にして首を横に振った。

「なれば、どうすると？」

髑髏鬼は是雄に迫った。

「艮の金神を地の底に封じたままにして、噴怨鬼を葬り去るしか道はない」

「それがむずかしいゆえの話をしておる」

「アラハバキの神の手助けを得られれば、噴怨鬼とて打ち破れるやも知れぬ。そう信じてやり合うだけだ」

「水を差すようだが……」

道隆が口を挟んだ。

「アラハバキの神とはそもそもどういう神なのだ。これまでとんと耳にした覚えがない。艮の金神を地に封じたからにはとてつもない力を持っていそうだが、それならその神を敬う蝦夷たちがなにゆえ今の苦境に貶められているのだ……その力あれば蝦夷がこの国を支配していたとておかしくない」

「………」

「ただの牢番ということとて有り得よう。鍵を預かっているだけやも知れまいに」

「有り得るな」

是雄も苦笑いで認めた。

「その場合、あの鬼を退治する手助けはさほど望めぬことになる」

道隆の付け足しに皆は消沈した。

陸奥行

1

年が明けて、頃は三月の上旬。

都には穏やかな春の風がそよぎはじめている。梅の香も気持ちを浮き立たせる。

急な話であるが、と前置きの後、六日後に伊勢の港から出る船に乗れるよう支度（したく）を調（ととの）えられるか、と小野春風が是雄の館にこっそりと足を運んで訊ねたのは、そういう日の夕まぐれだった。

「支度など造作もありませぬが、船でどこまでおいでになるおつもりで？」

是雄は首を傾げた。それに船は目立つ。これまでの段取りでは夜陰に紛れて馬を用いることと決めていたはずだ。船では春風に随行する者たちに必ず是雄の存在が知られてしまう。流行（はや）り病と届け出て内裏（だいり）への出仕を憚（はばか）らせて貰うつもりでいた是雄である。それが偽りと知れれば責めは春風にまで及ぶ。

「従者は剛俊一人とした。蝦夷（えみし）の脅威など今の陸奥には微塵（みじん）もない。その安堵もあって今の陸奥守は遥任(ようにん)でこの都暮らし。万が一のことが起きたとして多賀城や胆沢鎮守府の兵らで間に合おう。陸奥守がおらぬからには儂(わし)の命令に全てが従う」

　確かに、と是雄も頷(うなず)いた。

「陸奥までのんびりと旅を楽しむ気分でもあるまい。船なれば風次第で七日やそこらで胆沢鎮守府に入れることとて」

　是雄は得心した。陸路を馬で、となると一月近くは覚悟する必要がある。

「都に馬や毛皮を運んで参る物部(もののべ)の大船ゆえ船足も速い。風向きによっては多賀城間近の塩竈(しおがま)の港まで四日とかからぬそうな。そこで船を乗り換え日高見(ひたかみ)川を遡(さかのぼ)る」

「多賀城に立ち寄らずとも構わぬので」

「なんの用もなかろうに。立ち寄って引き留められでもすれば厄介(やっかい)となるだけ」

「あとで春風さまのご迷惑には？」

「儂のこたびの役目はあくまで出羽守坂上茂樹どのの国府移転の願いを反故(ほご)とすること。その談判なれば戻り道に出羽へと足を延ばすだけで事足りる。万が一陸奥で鬼相手に果てたとしてなんの問題にもなるまい。叱る相手の当の儂はすでにこの世におらぬ」

「恐れ入りましてござる」

　本心から是雄は春風に頭を下げた。

「とうとうこういう日がやってきたの」

「巻き込みしは手前。お許しを」

「なんのことだ」

春風は怪訝（けげん）な顔をした。

「鬼退治は術士の務め。なのにこうして春風さままで。すべて手前の未熟さゆえ」

「内裏は民あってこそのもの。その民を守るに職務の違いなど……ましてやそなたと儂は丹内山にて共に異変を見届けし仲間ではないか。それこそ神の与えし定め」

是雄の目頭が熱くなった。

「これまで諸国の守や介（すけ）として転々と落ち着く場所もなかった儂が、ようやく都に戻れたと一息吐いた途端にこの一大事。そういう運命と諦めるしかないの」

春風は声にして大笑いした。


「伊勢まで何日かかるんじゃ？」

皆を広間に集めて春風の言葉を伝えると髑髏鬼は張り切った様子で口にした。

「馬で飛ばして三日というところか」

「なれば旅支度に二日。たやすい話」

「そなたは髑髏一つの身。酒を詰めた樽（たる）とて甲子丸に運ばせる気であろう」

是雄はくすくす笑った。

「にしても都合のいい船を見付けたものじゃの。儂ぁ空を飛べるゆえ難儀もないが、一月近い馬の旅ではほとほとくたびれる」

それに皆も大きく首を縦に動かした。

「船ならごろごろと寝転んでいられよう」

「が、大嵐となればどこにも逃げ場が」

道隆が水を差した。山育ちの道隆はどうやら海を苦手としているらしい。

「ほう。そなたほどの者でも海は嫌いか。術士のくせしてだらしない。そうなる前に呪文で嵐など防げばよかろうに」

「大船を揺らすほどの嵐となれば並大抵の術では歯も立たぬ」

「そりゃなおさらに面白い。道隆の慌てふためく姿を見てみたいものじゃ」

「その前にうぬを海の底に沈めてやる」

道隆と髑髏鬼のやり取りに笑いが上がった。春風も頼もしそうに目を細めた。

「にしてもよくぞ物部の方で陸奥行きの船を用意してくれたもの。物部は蝦夷の手助けをしている。言わば朝廷の敵同様の身」

夜叉丸に是雄も頷いた。

「東市（ひがしのいち）に馬や毛皮を扱う物部の店がある」

承知、と是雄は春風に返した。

「こたびの旅に用いる早足の馬を見繕（みつくろ）いに出かけた折、懐かしい者と再会いたした」

「蝦夷の者にござりますか」

「今は物部の身内となっているが、本来は内裏に於いて歴（れっき）とした階位を授かっている安倍（あべ）のご一族の血筋。儂が胆沢鎮守府将軍として陸奥に過ごしおった際には、その関わりからなにかと相談に乗って貰っていた。今思えば不思議な縁。こたびの鬼騒動とも幾ばくかの関わりがある。その者の母親は紀の一族。それこそ伴大納言の命令と目された応天門焼失の一件で火付けの実行者と見做された紀豊城の近親。それで母親ともども安倍の係累から遠ざけられてしまった」

「そういう者が陸奥に」

是雄は唸りを上げた。もともと伴大納言が鬼と化して出現したことから端を発している問題である。偶然とは思えない。

「途方もなき知恵者。応天門の一件で安倍一族から無縁の身とされずば、今頃は内裏で名だたる才人と目されていたはず。儂の推察に過ぎぬが、先年の蝦夷の乱にしても、あの策の巧みさと引き際を見極めての和議の持ちかけようには必ずあの者の知恵が働いていたとしか思えぬ。今の陸奥の平穏すら、もだ」

「手前とて二年近く胆沢に暮らし申したが、そういう者が蝦夷側におったなど……」

「そなたとはほぼ入れ違いに都の店へ」

なるほど、と是雄は得心した。

「船で参らぬかと誘ったのはその幻水。ちょうど陸奥に用事があって戻るところだったとか。それで儂もその気になった」

「対面するのが楽しみにござるな」

「なにやら頼もしき者の数が増えていく按配じゃの。こっちにはこれで知恵者が少ない。これも神の手助けというものぞ」

髑髏鬼はぶんぶん飛び回った。

「そんな無駄話より芙蓉に伊勢からの出港の件を伝えて来てくれ。都を出るのは明後日の未明となろう。明日の夜にはこの館に来て貰っている方が安心と言うもの」

是雄に髑髏鬼は張り切って飛び出した。

2

二日後の未明に館を出立した是雄たち一行は古都奈良を経由しての伊勢路を選んで馬を走らせた。だいぶの遠回りにはなるものの、奈良から伊勢への道は古くから開けていて難所も少なければ馬繋ぎを備えた大きな宿を探す無駄な苦労をせずに済む。

都を出て三日目の夕、ようやく伊勢、という地点で前方から駆けてくる馬の姿を捉えた。

馬上の者が大きく手を振っている。

「中原剛俊どのにござります」

温史は確認して笑顔で是雄に告げた。

先に着いて待っていたと見える。落ち合う宿の名は春風より知らされていても、詳しき場所までは分からない。

「これで一安心。明日からは皆が打ち揃っての呑気(のんき)な船旅となる」

是雄も安堵の顔で頷いた。

「髑髏鬼と淡麻呂の二人は甲子丸の曳(ひ)く荷車に揺られてのんびりとしていたがな」

芙蓉に皆は笑った。

「儂ぁ淡麻呂が退屈せぬよう付き合っていただけぞ。それに人目の多い日中に儂がぶんぶんと頭上を飛び回っていては具合が悪い。それで構わぬと是雄が言うたれば高みから道案内でもなんでもしてやったわ」

「酒の樽に浸かりっ放しの者の道案内では心許ない。遊びの旅ではない」

芙蓉に髑髏鬼はでへへと返した。

「出迎えご苦労。早い到着であるな」

是雄は頭を下げた剛俊に微笑(ほほえ)んだ。

「こちらはお頭との二人旅。馬任せにして先を急ぎ申した」

「船の方はちゃんと待っていてくれたか」

「無論。肝心の弓削さまなくして船を出したとて無意味と申すもの」

「なれば慌てるまでもなかったか」

「今宵の宿には物部の幻水も一緒にござる。ご到着を心待ちにしておる様子」

「つい先日、紀長谷雄どのからも話をいろいろと。二人はおなじ紀の血筋というばかりか内裏の文章生(もんじょうしょう)として古くから競い合っていた仲だとか。物部との橋渡しも実は長谷雄どのと聞かされ、つくづくと世の狭さを知った」

「長谷雄さまとは歳がだいぶ離れているように見受け申したが」

「らしいな。十歳近くも年下なのに、こと軍略にかけては長谷雄どのも太刀打ちできなかったとか。内裏に居残っていれば途方もなき出世を果たしていただろう」

と知って剛俊は目を丸くした。

「物部一族に見込まれたほどの者。陰に隠れて滅多に名を出さぬが、蝦夷たちは物部こそ陸奥の真の頭領と心得ている」

それに剛俊ばかりか皆が吐息した。

「物部幻水にございます。弓削さまのお名前は以前よりとくと。お見知りおきを」

宿の部屋に落ち着くなり姿を見せて頭を下げた幻水に是雄は好もしさを覚えた。こういうことは珍しい。商人らしいへつらいもなく、端正な顔立ちだが、胸には熱い志が秘められているように是雄には感じられた。加えて是雄に同行している者たちに微塵の気後れも見られなかった。髑髏鬼については春風から耳にしていたようで物珍しそうな顔を見せたものの、くすりと微笑んだ。

「手前の見知りおる顔が二人も……」

幻水は芙蓉と夜叉丸に目を細めた。

「今の男の衣の方が似合っている」

幻水は芙蓉に笑顔で口にした。芙蓉は東市で大きな飲み屋を営んでいる。幻水が顔を見知っていて不思議はない。

夜叉丸とて二日に一度は手下を引き連れて東市の飲み屋に通っていた身である。

「以前より不思議な二人と見ておりしが、まさか弓削さまの配下であったとは」

「配下ではなく仲間」

是雄はにっこりとした。

「芙蓉はかつて常陸で剛勇の名を馳せていた土蜘蛛の末裔。こう見えて並の武者などでは歯が立たぬ腕前。少し前までは配下を多く従えて蝦夷の手助けに回っていた」

「もしやあの芙蓉丸！」

なるほどと幻水は笑みを浮かべた。

「妙な縁で都まで——今はその配下の者らを食わせるため東市にあの店を」

「どうりで」

「とはなんだ？」

芙蓉は幻水を睨み付けた。

「飲み屋の食い物運びには似つかわぬ物腰の者ばかり。奇妙な店と思うていた」

幻水にどっと座が沸いた。

「こちらの夜叉丸は歴とした秦の術を受け継ぐ者だが、内裏の陰陽寮を表とするなら秦の術は秘されし裏。それをよしとせず自ら秦を抜け出た。つい先頃までは腕を頼りに野盗の真似事を。が、並の陰陽寮の術士などより遥かに腕が立つ」

「秦の術なればさもありましょう」

幻水の言葉に夜叉丸はにやついた。

「他の者たちについても……その様子ではとうに調べ済みのようだの」

是雄は見抜いた。

「歳格好から察するに、左のお二人は弓削さまのご配下紀温史どのと寄宿いたせし蘆屋道隆どの。右はご郎党の甲子丸どの。さらに髑髏鬼を膝に抱えおるのが淡麻呂どの」

「わずかのうちに良くそこまで」

是雄は笑うしかなかった。

「春風さまよりご相談を受け、蝦夷の大事に関わることと心得申した。手前で役立つことあればなんであろうとお命じあれ。蝦夷なくして物部とて存続できぬ道理」

それに同席していた春風も頷いた。

「アラハバキの神を奉じる者たちは？」

「我が物部の務め」

あっさり返った言葉に皆は絶句した。

「と言うたとて物部が社を建立し崇（あが）めているわけではござらぬ。アラハバキの宿りし大岩に祈りを捧げおりしは数限られた巫女（みこ）のみ。その巫女たちを何百年と庇護し続けて参ったのが物部ということで」

「しかし丹内山には古き社が」

「地元の蝦夷らが建てたもの。物部が奉じておるのはあそこの大岩だけにござる」

「巫女たちはいずこに暮らしている？」

「さて……ことあるたびに物部の長(おさ)を務めし者が呼び寄せて先々を占うばかり。手前はそれ以上のことを耳にしており申さぬ」

「巫女と繋がりしは長ばかりか」

「手前はそのように聞かされ申した」

うーむ、と是雄は腕を組んだ。一度も聞いたことのない神との触れ合い方である。

「今の物部の長はどこの誰が？」

「物部の者にしか口に出来ぬ定め」

幻水はそれだけははっきりと口にした。

「なれどいぶかしきことは……」

幻水は眉根を寄せて是雄を見詰め、

「春風さまより耳にいたせし艮(うしとら)の金神(こんじん)の件。その鬼の狙いが金神の解き放ちにあるというは確たる証(あか)しを得ての話で？」

「いや。鬼が自ら口にしたわけでは。術士十人が束となっても勝てそうにない力を持ちながら、なぜか一年の猶予を与えしことと、ここにおる淡麻呂の見し夢とを重ねての当て推量。夢の中では我ら一同が丹内山の大岩の前に打ち揃いアラハバキの神の手助けを一心に願っていたらしい。大岩の地の底には艮の金神が封じられていると前々から睨んでいた。その二つを結びつけただけ……と言えば笑われるやも知れぬが、そうとでも思わねば、あれほどの鬼が一年を無駄にやり過ごす理由が見当たらぬ」

是雄は隠さずに応じた。

「その鬼は、あの地に艮の金神が押し込められていると、どこの誰より耳にいたしたのでござろう？」

幻水は畳みかけるように質した。

「知らぬ」

是雄はくすりと笑って正直に応じた。

「知らぬ、では困りまする」

真剣なまなざしで幻水は是雄を睨むと、

「次第によっては明日の出港を取り止めとせねばならぬことにも」

それに春風は目を丸くした。春風から持ちかけた話であれば当然のことである。

「手前はてっきり弓削さまがよほどの証しを得た上での陸奥下りとばかり。艮の金神絡みとなれば、それは蝦夷と言うより物部の問題。ゆえにこそ手を結ばねばと思った次第」

「物部の問題……」

是雄は幻水を見据えた。

「丹内山の地深くに金神が封じ込められておると承知の者は物部の身内の中でもごく限られし数。代々の長に口伝えられるだけの秘中の秘にござりまする」

「………」

「それをなにゆえ弓削さまがお知り召されておるのかも驚きの一つにございましたが、鬼までもとなるとことは一大事」

「そうきつい顔で詰め寄られても……」

弱った顔で是雄は苦笑いして、

「今も言うたように、あの場所に艮の金神が眠りおるのは、別の一件で式盤を用いしときにたまたま察しただけに過ぎぬ。物部とは一切無縁の話。それに鬼の狙いを重ねたのとて単にこちらの当て推量。こたびの陸奥行きは万が一を案じてのこと。鬼の狙いが金神の解き放ちにあった場合、この国が滅びかねぬ事態にもなりかねぬ」

「鬼の正体、春風さまより耳にいたせし限りでは未だに不明という話にございましたが、もしや物部所縁（ゆかり）の者では？」

幻水は是雄を見やって口にした。

「なるほど。案じていたのはそれか」

是雄は得心の顔で破顔した。

「と定まれば、せっかく平穏を取り戻しつつある今の陸奥が再び大戦乱の渦に巻き込まれる事態となる恐れも。大昔の行き違いと言えど内裏にとって物部の血筋ほど目障りなものはございますまい。その物部の者が鬼と化して蝦夷の手助けをと知れば、陸奥をすべて灰と化す戦さとするのも辞さぬはず」

「いかにも……な」

是雄も認めた。

「となればどうなる」

落ち着かぬ顔で春風が是雄に迫った。

「筋としては頷ける、と申しただけで、鬼の正体が物部の者とはちと……物部の所縁なれば恨みを藤原の血縁に向けるはすこぶる奇妙。内裏より物部の方々を追放せしは藤原の一族にはあらず。蘇我（そが）氏との争いの果て」

確かに、と春風は何度も頷いた。

「その蘇我氏とて今は大方が藤原の遥か風下に追いやられている身。さもなき地方官吏に任ぜられるのがせいぜい。今更大仰（おおぎょう）な復讐を企てるまでの相手にはござるまい。振り上げた拳のやり場がなくて藤原の血縁にそれを向けたとは到底考えられぬ話。藤原の一族に向けし鬼の怒りは凄まじいものにござった。あれは疑いもなく藤原の手によって権勢を奪われ憤死した者と睨んでおり申す」

「なにがなにやら、という気分だが、鬼が物部と無縁でありそうなのは確かだの」

春風に是雄もしっかり頷いた後、

「それともこれぞという心当たりでも？」

幻水を見据えて口にした。

「いや。物部が何代にも亘（わた）って隠し続けて参った秘密ゆえ、それを解き放とうとする鬼の正体、ひょっとして物部に繋がる者ではと手前一人が先回りしたまで」

「今は物部に迎えられているとは言え、内裏寄りの身であったそなたまで丹内山の地の底に艮の金神が封じられているのを承知。さほどの秘密とも思えぬがな」

是雄はくすりと笑った。

「今更隠したとて詮なきことなれど、手前の妻は物部の長の孫娘にござる」

幻水は覚悟を定めた顔で口にした。

「その妻が先年、男子を産み申した」

皆は顔を見合わせた。

「長ともどもに丹内山へと赴き、その倅の先行きをアラハバキの神に問うたところ、やがては物部の長となる身であるとの託宣が」

「それはめでたい」

是雄は本心から口にした。

「その日が参るまで手前は倅の守り役。ようやく物部の一人として迎えられし次第」

「なるほど。さもあろう」

「艮の金神の一件もその折りに初めて長より打ち明けられしこと。長は高齢。手前に話しておかねば倅に伝わらぬ恐れが」

「すると、その日まで長より一度たりと金神についての話は？」

「初耳にござりました」

「なにゆえ地に封じ、もしもの場合に退治する方策については？」

「なにも。ただ、金神にばかりは一切の手出し無用、とだけ。歴代の長もそれしか知らされておらなんだ様子」

「それを聞けばいかにも奇妙。あの鬼は誰より金神のことを耳にしたものか」

是雄は吐息して腕を組んだ。そこまでの秘密がたやすく外に漏れるとは思えない。

「となると、やはり鹿角（かづの）の日明（にちめい）が物部の長であったということだな」

春風はぼりぼりと頭を掻いて、

「あの親父どの、とんだ食わせ者。物部を纏（まと）めおる者は津軽の長と申しておった。それで儂も日明どのを仲立ちとして戦さの和議を進めた。思えばとんだ回り道」

皆はそれにどっと笑った。

3

翌日。早朝から皆は幻水の用意していた大船に乗り込んだ。出港はすべて風次第となる。いつでも帆を張って出られるよう船で待機しているのが安心というものだ。

何十頭もの馬まで運ぶ船だけに船倉も広い。皆はゆったりと寛（くつろ）いだ。これで嵐もなく順当に進んで陸奥へ辿り着くことができるなら、かほどに楽な旅はない。

「一晩寝ずに考えておったんじゃがの」

髑髏鬼が転がらぬよう柱に括（くく）りつけられた酒樽から頭を出して是雄に口にした。

「ここまで来ながら、どうも嫌な気がして参った。我ら打ち揃っての陸奥行きは昔からの定めで変えられぬとしても、別に今じゃのうても構わんことじゃないかいの」

「臆したか」

芙蓉は髑髏鬼を鼻で笑った。

「わ、儂ぁ断じて臆病風に吹かれて言うたのではない」

髑髏鬼は酒樽から飛び出して喚いた。

「そもそも儂ぁうぬたちと違ってとっくにあの世へ足を踏み込んだ身。なんで今更命惜しみをせにゃならん。むしろ皆が儂とおなじになるなら喜んで迎える。じゃろうに」

「なれば、なにを案じている」

芙蓉は髑髏鬼を見上げて問い質した。

「淡麻呂の見た夢のことよ」

「それがどうした？」

「いかにも儂らは淡麻呂が見た通り、こうして打ち揃って陸奥国へと旅立ちの最中じゃが、この先、はっきりしておるのは丹内山とやらでアラハバキの神に助けを願うておるらしき姿ばかり。肝心の鬼との勝ち負けはさっぱりじゃ。下手すりゃこっちの負けということも有り得るだろうに」

「それをすなわち、臆したと言うのだ」

芙蓉は侮蔑の顔をして、

「勝ち負けはいつでも時の運。ここにおる皆がそれをしっかりと胸に刻んでいる。どちらに転がろうと悔いはない。我らはいつも皆で一つ。だからこそ踏ん張れる。まだぐずぐず言うのなら、たった今からでも船を下りるがいい。空を飛べる身。好きにしろ」

「いや……これじゃから女は始末に悪い」

髑髏鬼は皆の頭上をぶんぶんと回り、

「ようく物事の後先を考えてみよ。儂らが神に手助けを願うのは鬼の狙いが陸奥に迫りつつあるからじゃろうに」

なんの話だ、と芙蓉は睨み付けた。

「餓鬼にも分かる簡単な理屈じゃぞ」

髑髏鬼は喚き立てると、

「儂らが丹内山で祈りを捧げるまでは、とりあえずは陸奥も無事。違うか？」

「……」

「反対に、十年も間を空けたとて、それは一緒ということじゃ」

得意顔をして髑髏鬼は歯を鳴らした。

「むろんその間に京の都は鬼に荒らされて無人の地と成り果てておるかも知れぬがの。少なくとも我らだけは生き延びておる」

「なぜそう言いきれる？」

是雄も思わず髑髏鬼に訊ねた。

「これは是雄の言とも思えんな。我らにはそのときまだ果たしておらぬ先行きがあろうに。他ならぬ丹内山にての皆が揃っての祈り」

うーむ、と是雄は腕を組んだ。

「考えようによってはありがたい先行き。祈りを捧げる面々はとうに淡麻呂が見ておる。仮にその祈りを四十年も先延ばしにすれば、凶運どころか大吉。ここにおる誰しも長生きの相ということになる」

「淡麻呂が見しは今の年頃の我ら」

「白髪は染めりゃいい。芙蓉はべったりと厚化粧すりゃそこそこに見える。どうせ淡麻呂が夢に見たのはガキの時分。娘もばばあも良く見分けがつかん年頃じゃ」

「なんともはや……呆れ返った思い付き」

是雄は盛んに首を横に振った。

「いいや。考え方によっては是雄のこたびの決断が皆の死期を早めることにも。嬉しき託宣であればまだしも、どう転ぶか知れぬものにことを急ぐのは早計と言うておる。陸奥行きをここで止めれば、いくらでも鬼の正体を摑む暇とて作れように」

うーむ、と是雄は腕を組んで、

「五年、十年はさすがに論外として、いかにも陸奥に着いて間もなくの丹内山行きは浅慮であったやも知れぬ。その前に物部の長と対面し、金神の一件をできるだけ探るのが大事。良き忠告をして貰った。いかにも今は鬼の正体を探るのが先」

であろう、であろう、と髑髏鬼は勝ち誇った様子で皆の頭上を飛び回った。

「四十年の先延ばしとなればおれは七十。髑髏鬼が言うた通り、いつ死んでも一つとて悔いはない。が、それも詰まらぬ先行き」

「おれもだ。そこまで生きてなにが楽しい」

道隆に夜叉丸も大きな笑いを発した。

そこに、昼前には必ず出られるようだ、と春風が是雄たちの居る船倉に知らせに来た。春風らは幻水と一緒の部屋に入っている。

「夜はなにもすることがない。酒だけはたっぷりと積み込んでいるそうな。船酔いも加わってたちまち寝入るとか。それを五日も重ねれば陸奥に着いても足がふらふら」

春風は是雄の隣に胡座をかいた。

「丹内山は後回しにし、陸奥に着いたれば真っ先に物部の長と対面を果たしたく存じまするが、叶うものにござりましょうか」

「日明の本拠地は出羽の鹿角。胆沢鎮守府からでは馬で三日もかかるぞ。もっとも日明は鎮守府の間近にも物部の店を構えておる。その店の方に参っておればたやすいがの。今は滅多に鹿角を動かぬと幻水から耳にした」

「物部の手助けを得るのがなにより肝要。どこにおろうと手前は厭いませぬ」

「こちらから訪ねる分には問題なかろう。儂とそなたの内裏での立場は承知のはず」

「日明と申す御仁。なかなかに頭の働きそうなお人と思われまするな」

「そういう者なればこそ、幻水の素性をとくと承知しながら物部に迎え入れたのであろう。先年の戦さとて紛れもなく勝ちは蝦夷。一気に多賀城や鎮守府が灰とされてもおかしくはない戦況であった。つまりは蝦夷側が内裏の力を見極めて、程よきところで手打ちの策に出たものと儂は見ている。飢饉に耐えかねて死を覚悟で決起したのではない。あれは反対に飢饉に乗じて蝦夷の立場を明確にしようと試みし戦さ。手玉に取られていたのは我ら」

くすくすと春風は笑って、

「が、蝦夷の側がそれでよいと申すなら内裏にとっても損な引き際ではないと思った。たとえこちらが蝦夷の掌の上で転がされていようともな。とんだ狸だが憎めぬ親父」

春風に是雄は笑顔で頷いた。

4

順風満帆とはこのことで、是雄たちの乗る船は五日目の昼過ぎに陸奥を纏める多賀城近くの塩竈の港に無事錨を下ろした。

すでに港には、ここより海岸沿いに北上し、石巻から日高見川を遡り、真っ直ぐ胆沢鎮守府の足もとまで皆を運んでくれる船も待ち構えていた。そちらの船は主として漕ぎ手による運行なので風待ちの必要もない。いつでも好きに出られる。

「なにやら呆気ないの。はや陸奥」

春風に是雄も笑いで同意した。馬の旅では少なくとも一月は難儀を強いられる。

「馬や荷の積み替えがありますれば今夜は塩竈でゆっくり骨休めを。泊まる物部の店には蒸し風呂もしつらえてござり申す」

幻水に皆は驚いた。

風呂は都でもまだ珍しい。

「伊勢、とまでは言わんが、大層な港の賑わい。ここが蝦夷の国とはとても……」

初めて陸奥の地を踏んだ道隆の言葉に温史と夜叉丸も同意した。陸奥は蛮族の暮らす未開の地と都の者は思い込んでいる。

「陸奥の民らを何百年と纏めて参ったのは物部の一族。物部は都から下った者たち。暮らしぶりにさほどの違いはなかろうに」

是雄に皆は得心の顔となった。

「手前はこのまま多賀城の店に。長が今どこにおるか知れるはず。運良く多賀城か胆沢鎮守府の店の方に参っておれば話は簡単。明朝にでも迎えの者をこちらに」

幻水に春風は頷いた。

「鹿角に引き籠もりしときはちと面倒。途中の山々にはまだ雪が多ござる」

「承知。何年もこの地で過ごした」

応じて春風は大きく息を吸った。春風にとって陸奥は第二の故郷に等しい地だ。

幻水は皆に一礼すると馬に飛び乗った。一刻でも早く多賀城の店で待つ妻子の顔が見たいのだろう。皆は微笑んで見送った。

「内裏より遥かに物部の方が人を見定める目を備えておる。この数日、幻水と共に過ごしたが、あれほどに先を見通す目を持つ者は内裏にも幾人とおるまい。関白基経さまの顔色だけを窺い、おのれの立身出世を願うお人らばかり。民の働きがあってこその内裏と考えておる者は何人と居なかろう。儂が人を選べる立場にあれば真っ先に幻水を呼び戻す」

確かに、と是雄も春風に同意した。

「そもそも物部は朝廷にて軍事の一切を取り仕切っていた一族。戦さにはなにが大事で、ここぞというときの攻守の勘所も知り尽くしている。今の陸奥の平穏は内裏の権勢と言うより、蝦夷の側が戦さの無益さをしかと心得ておるゆえに過ぎまい。いずれは内裏とて蝦夷との心底からの共存を考えねばならぬときが参ろう。先を閉ざされていたとは言え、幻水ほどの者が蝦夷となる道を自ら選んだのだ」

本心からの呟きを春風は洩らした。


「生き返った気分」

早速蒸し風呂で旅の垢を落としてきた道隆たちは肌着のまま胡座をかいた。夜叉丸と温史の額からも大粒の汗が噴き出ている。

「この店には都からの官吏らもやって来る。接待のために設けたと風呂番から耳にしたが、五人でも打ち揃って入れる広さ。客間とてこの通りの造作。伊勢の宿が貧相に思える。物部の力をまざまざと見せつけられた気分。これまで物部など一度として気にしたこともなかったが、なにやら恐ろしくなった」

「いっそのこと皆で陸奥に留まったらどうじゃ。術士なれば喜んで受け入れよう」

髑髏鬼は口にして続けた。

「藤原の欲深どもが仕切っている都なんぞ碌なとこじゃあるまい。こっちの方が好きにのんびりと生きていかれるというもの」

「なればこそ内裏は陸奥が目の上の瘤」

是雄に皆はいかにもと納得した。

「物部は鉄の採掘や馬などの商いでいかにも莫大な財をなしていようが、その益で蝦夷たちの暮らしの後押しをしている。民から絞り上げる内裏とは真反対」

「それを知られぬため、朝廷はことさらに蝦夷を蛮族と吹き込んでおるのですね」

温史は呆れた顔をした。

そこに芙蓉が顔を見せた。芙蓉は淡麻呂と二人だけの部屋に居る。

「淡麻呂が酷い熱を。うなされている」

「船旅の疲れでもでたか」

どれ、と是雄は腰を上げた。

その部屋には怪しい気が渦巻いていた。

「ただの熱とは思えぬ」

道隆が是雄の袖を引いた。夜叉丸にも緊張の色が見られた。温史は気付いていない。術士としての経験の差がここに表れる。

是雄は熱に悶え苦しむ淡麻呂の額に手を触れた。血がどくどくと脈打っている。淡麻呂は手足をばたばたさせて暴れた。なにかと必死に戦っているように思える。

「地神にでも取り憑かれたか」

是雄は察すると即座に呪文を唱えた。

「付くも不肖、付かるるも不肖、一時の夢ぞかし、生は難の池水つもりて淵となる。鬼神に横道なし。人間に疑いなし。教化に付かざるに依りて時を切ってすゆるなり。下のふたへも推してする」

九字の印を手早く切って呪文を繰り返す。そしてまたまた九字の印。

うーん、と淡麻呂は発して固まった。

荒かった息が少しずつ落ち着いていく。息を呑んで見守っていた皆も安堵した。

「熱がどんどん引いていく」

芙蓉が淡麻呂の額に手を触れて頷いた。

「大層に効くが、どういう意味なんじゃ」

「知らぬ。師より学んだ通りの鬼払い」

髑髏鬼はがっくりとなった。

「いつもなら憑き物の抜け出す気配をしかと感じるのだが……」

しばらく淡麻呂を見守っていた是雄は眉をひそめて呟いた。淡麻呂は変わらず安らかな顔で眠りこけている。

「もしや逃れたふりをしてまだこっそりと中に潜んでいるのではなかろうな。熱の引き様とてあまりにも早過ぎる」

「そう言われれば……」

芙蓉も頷いて淡麻呂の体を揺り動かした。

が、淡麻呂は目覚めない。

「睨みが当たっているなら面倒な相手。今の呪文をあっさりと躱す鬼」

「是雄の呪文が効かぬ相手じゃと！」

髑髏鬼は仰天して、

「陸奥の鬼じゃ。もしや唱えた都言葉が通じんかっただけと違うか。海を隔てた国の鬼にはこっちの話がとんと分かるまい」

「それなれば暴れ続けていたはず」

いかにも、と皆は首を縦に動かした。

ほどなく淡麻呂は目をぱっちりと開けた。

周りに皆が居ると知って淡麻呂は嬉しそうに丸い目を細めた。芙蓉に手を伸ばす。甘えぶりは常と変わらぬ淡麻呂である。

「耳をそばだてていたとしか思えぬな」

確信を抱いた是雄は淡麻呂の額に強く掌を押し当てて新たな呪文を口にした。

「東海の神、名は阿明、西海の神、名は祝良、南海の神、名は巨乗、北海の神、名は愚強、四海の大神、百鬼をしりぞけ、凶災を蕩う。急々如律令」

唱え終えると淡麻呂の小さな体がぶるぶると震えて波打った。芙蓉は青ざめた。

ここぞとばかりに是雄は続けた。

「奇一奇一たちまち雲霞を結ぶ、宇内八方五方長男、たちまち九籤を貫き、玄都に達し、太一真君に感ず、奇たちまち感通、如律令！」

気を込めた是雄の呪文に淡麻呂は歯を剥き出しにして吠え立てた。淡麻呂の体からゆっくりとなにかが宙に浮き上がって黒い渦となる。芙蓉は脅えて身を引いた。

「弓削是雄、やはり侮れぬ者じゃったの」

浮いている渦から哄笑とともに声がした。次第に人の形になっていく。

「伴大納言！」

是雄は目を剝いた。あまりにも思いがけぬ相手である。皆も身を強張らせた。

「何を企んでのことか知らぬが、うぬらが陸奥へ下ったとご報告いたせばご主人さまもさぞかし面白がるであろう」

「いつから我らの動向を！」

「捨て置いては厄介と申し上げたに。これで儂も役に立つ者とお認め下されようぞ」

からからと笑いを残して伴大納言は姿を消した。是雄は素早く四方に目をやった。もはやどこにも気配は感じられない。

是雄から思わず深い吐息が漏れた。

「どういうことだ！」

道隆が是雄の前に膝を進めた。

「なにがだ？」

「あやつ、我らが陸奥に参った理由をまるで知らなんだ様子……妙であろうに」

確かに、と是雄も首を捻った。噴怨鬼の狙いが陸奥に眠る艮の金神の解放にあるとしたら、自分たちの陸奥行きはそれの阻止のためと赤子とて見抜くはずである。

「大納言がそこまで策を明かされていない、ということも有り得る……」

「ただの使い走りだとでも？」

「噴怨鬼は我らのことなど塵芥程度としか思うておらんだろうが、大納言は陰陽寮の力をそれなりに承知。時々は我らの動きに目を光らせていたとも考えられる。とすれば、病と偽り、内裏に内密で都を離れたことも知れる。鬼の身であれば我らの足跡を辿ることとてさほど面倒ではなかろう」

いかにも、と道隆は得心の顔をした。

「淡麻呂に取り憑けば我らの話を洗いざらい盗み聞きすることができる」

「呑気に構えている場合じゃあるまい」

髑髏鬼は慌てふためいて、

「その知らせで嘖怨鬼が動けば、明日にでもあやつとの争いとなりかねんぞ。こっちにはまだ何一つとして打つ手がない。気楽な船旅をして陸奥に着いたばかりじゃないかい」

それに皆は互いに顔を見合わせた。

「じゃから儂ぁ船に乗り込んですぐに言うたのよ。我らが陸奥に出かけて丹内山で拝まぬ限り、ことは前に進まん、とな。十年先延ばしにしたとておなじ理屈。なのにこれじゃ自分から死に急ぎの道を選んだのと一緒。敵に気付かれてしもうたら後戻りもできん。せめて多少の策を錬ってからでも間に合った」

ぶんぶんと髑髏鬼は飛び回った。

「それを申すなら、丹内山に参るまでは皆になにがあっても大事ない、ということだ。その前に物部の手助けとて得られるやも知れまいに。むしろ大納言の知らせを受けて嘖怨鬼の方からこちらに足を運んでくれた方が楽、とも言える。姿を現さぬ鬼の居所を突き止めるのは至難の業」

「なるほど。ものは考え様というやつか」

是雄に髑髏鬼は得心して、

「良策が浮かばぬうちは丹内山に一歩たりと近付かねばいい。嘖怨鬼とやらがどんな手を打ってこようと我らは無事。なにやら面白いことになりそうじゃの」

「そうたやすき話でも……我らへの攻めが面倒と知れば敵は無縁の蝦夷たちに禍(わざわ)いをなすやも知れぬ。外堀を埋めるやり方。否応なしに戦わねばならぬ場合も」

「なんでそないに水を差す」

「鬼は情けなど持ち合わせておらぬ」

それに道隆と夜叉丸も頷いた。何度となくそういう鬼とやり合ってきている。

「春風さまをここに」

是雄は温史に命じた。

5

「伴大納言はいつより淡麻呂の中に入り込んでおったのであろう」

聞かされた春風は舌打ちで質した。

「つい先刻のことかと。船の中では一度として異変に気付きませなんだ。淡麻呂にとって海の旅は生まれて初めてのこと。さぞかし気を張っておったはず。鬼は人の心の緩みに乗じて潜り込みまする」

「なるほど。揺れ動かぬ大地をしっかりと踏んで淡麻呂も安堵したというわけか」

「すべて手前の油断にござりまするが、物部を今後の頼りとすること、すっかり噴怨鬼に伝わるとみて間違いありますまい」

うーむ、と春風は暗い顔で頷いた。

「艮の金神の解き放ちが狙いの敵。艮の金神と物部の関わりもとくと承知のはず。これで物部があの鬼の的とされることが確かとなる羽目に。我らがここでたとえ様子見に回ったとて、鬼の方から物部に手出しして参ること必定。それで物事が早くなりまする」

「否応なしの争いになる……か」

「知らぬ顔で我らがこのまま都へ立ち戻ったところで、話が収まるとはとても」

「我らの動きが物部にとっては禍いの種となってしまったか」

「これも当方の未熟さによるもの。こうなったからには手前一人でも陸奥に留まり物部とともに立ち向かうしかあり申さぬ」

「淡麻呂の見し先行きはどうなる？」

「手前は……霊体となれまする」

「なんのことじゃ」

「淡麻呂が見た手前の姿。あるいは霊体であったかも知れませぬ」

「つまり……そなたが死んだ後の姿かも知れぬということか！」

春風に皆は青ざめた。

芙蓉は涙目で是雄に取りすがった。

「先々を読む力にかけて是雄の才を疑うわけじゃないが、なんでそう悪い方悪い方へと話を持っていく。戯れ言にも程がある」

髑髏鬼に芙蓉も暗い目で同意した。

「皆の中で霊体となって自在に動き回れる者はおれ一人しか居なかろう。淡麻呂の見し先行きが断じて変えられぬものなれば、その道筋を外すことなくなにができるか頭を働かせなくてはなるまい。淡麻呂が夢で見たのは単に丹内山の大岩の前に我らが打ち揃い、祈りを捧げている姿ばかり。それを鬼退治の祈願と見做(みな)したは、あくまで我らの思い込み。あるいは無事に鬼を退治しての神へのお礼参りということとて有り得ように」

確かに、と皆は首を縦に動かした。

「が、あの鬼の力は途方もない。これまでおれがやり合った鬼たちの比にあらず。それと争い、こちらに誰一人の犠牲も出さずに済んだということもちと考えにくい」

「………」

「それでおれも事前の戦勝祈願と決め込んでいた。あやつを敵に回して我らが無傷とは断じて有り得ぬ話。が、おれなれば、仮に倒されようと霊体となってその場に立ち会える。淡麻呂の見た先行きを変えることなく、な」

「いやじゃ！　是雄一人死なせはせぬ」

芙蓉が是雄の膝に取りすがった。

「そう先走るな」

是雄は芙蓉の背を軽く叩いて、

「おれが霊体でその場に加わろうと、死んだとは限るまい。些少の怪我を負って鹿角辺りから動けぬ身ということも。あるいは……なるほど、その手もあるか」

どんな、と芙蓉は額を上げた。

「最初からおれの体をどこぞに隠し、霊体と化してやり合う」

にやりとして是雄は、

「この前は手も足も出せなんだが、もしアラハバキの神の加護あれば話は別。さらにおれの体を桶に入れ、あの大岩の真下に埋めて貰う。無論、息のできる筒を通してな。あそこなら噴怨鬼とて断じて手出しできまい。神が封じた大岩が堅固な守りの盾となる」

おおっ、と皆は歓声を発した。

「いかにも、という策」

春風はほとほと感心した顔で、

「これで道が開けた心持ち」

安堵の息を洩らした。

「すると我らはなにをする？」

道隆が膝を進めた。

「穴掘りだ」

是雄に皆は腹を抱えて笑った。

「戯れ言ではない。あやつが大納言から我らの動向を耳にすれば、今日明日にもこの陸奥に飛んで参るやも。今の策が敵に知られては面倒。必ずその前に阻止せんと動く」

確かに、と道隆は舌打ちした。

「明日からは三手に分かれよう。物部の長に会うのはおれと春風さまだけとし、芙蓉と甲子丸は淡麻呂と共に胆沢鎮守府に入ってくれ。春風さまの腹心である剛俊が一緒であれば面倒もないはず。道隆らは丹内山にて桶の調達と穴掘り。そうすれば敵の目を晦ますことができよう。たとえまた淡麻呂の中に潜り込んでこちらの動きを見定めんとしても、淡麻呂たちは他の我らがどこに居るかさえ知らぬ。戸惑うばかりのこととなる」

「儂に穴掘りの手伝いをさせる気か」

髑髏鬼が不満気に言い放った。

「見た通り手も足もない身ぞな」

「なればおれと共に。鎮守府の者たちとてその頭だけでは脅えてしまいかねぬ」

よし、と髑髏鬼は張り切った。

「芙蓉にはもう一つ頼みが。鎮守府の間近に淡麻呂の親たちが暮らしている。せっかく戻るのだ。会わせてやりたい」

是雄は口にして淡麻呂を見やった。大喜びすると思ったが、淡麻呂の方はまたうつらうつらとしていた。今の言葉にも特に反応がない。疲れがたまっているのだろう。取り憑かれた者は大概こうなる。

「住まいさえ分かれば、すぐにでも」

芙蓉はにっこりと微笑んだ。

ようやく道が定まった思いで是雄は蒸し風呂にて心地よい汗を楽しんでいた。

噴き出る汗に水を被ると、冬の最中ですら水垢離修行に明け暮れた若い時分が思い出された。よくぞ今日まで、という感慨にも包まれる。幼少の頃から不思議と異界の物を見る体質だった。怖い、とは滅多に思わなかったが、両親をはじめ他の者たちにはどうやら見えていないらしいと気付いたとき、不安に襲われた。自分の頭がおかしいのでは、と恐れたのである。もし師である滋丘川人にその才を見いだされずにいれば断じて今の自分はない。川人は異界の物にも善と悪の両方があり、悪の征伐こそ人と世のために最も大切な使命と教えてくれた。あのときの心の震えが忘れられない。自分がなんのために生まれてきたのか知らされた思いに満たされた。

川人から内弟子として迎えられ、それからの何年もの厳しい修行も苦とは感じなかった。陰陽寮の頭として贅沢な暮らしができる立場にありながら、質素を貫き、さらなる修行に明け暮れる川人を間近にしていれば弱音など吐いてはいられない。呪文一つを川人より伝授されるたび喜びに胸が震えた。今にして思えば師の川人こそ神がこの世に遣わされた者であったのかも知れない。

〈必ず倒して見せまする〉

水を頭から被り、是雄は川人に誓った。

もはや是雄に恐れはなかった。

胆沢鎮守府に間近い物部の店に日明が滞在しているとの知らせが幻水よりもたらされたのは賑々しく夕餉を終えた直後だった。なので明日は決めた通りに船で日高見川を遡る、との文面に是雄は思わず吐息した。遠い鹿角まで足を運ばずに済むのはありがたいが、となれば三手に分かれて行動するという策が取れなくなる。どうしても鎮守府までは皆がおなじ船に乗り合うことになるのだ。特に危ないのはこの数日である。もしも空から火を吹きかけられでもすれば逃げ場がない。

「火など、どうやって？」

是雄の危惧に髑髏鬼は鼻で笑った。

「噴怨鬼は炎で包まれていように」

即座に返した是雄に皆は唸った。正(まさ)にその通りだ。たちまち帆など燃え上がる。

「やつの狙いは恐らくおれ一人。何を企んでおるか必ず探りにかかる。おれは馬で鎮守府を目指す。それで船の方は大事ない」

「馬鹿な！　囮(おとり)となるつもりか」

「躱(かわ)すだけならたやすきこと」

是雄は笑って皆に請け合った。

6

朝早いうちに船の用意が調った。

が、どうしても、と言い張って髑髏鬼ばかりは頑(がん)と首を横に振り続けた。仕方なく是雄は同行を許した。空を飛べる身なれば他の者より心配は少ないはずである。

「丹内山は鎮守府のさらに先。東和の里にある。道隆たちはその近くまで運んで貰え。が、大岩の一帯は物部の聖地。許しを得るまで穴掘りは控えろ。全ては物部の長の返答次第。話が纏まれば式神を飛ばして知らせる」

承知、と道隆は請け合って船に乗り込んだ。芙蓉と淡麻呂も渋々と後に続く。

「そなた一人に難儀を強いる羽目に」

春風は案じ顔で是雄に詫びた。

「荷駄の越える道を辿れば鎮守府まで精々三日やそこらのもの。いかに嘖怨鬼だとて山一つ燃やすような力は。大事を取るだけのことにござればご案じ召されるな」

是雄は笑って応じた。式盤などの道具類は船に乗せたので身軽な体である。

「それに髑髏鬼は空の上から異変をいち早く察知してくれ申そう。格好の物見」

任せろ、と髑髏鬼は張り切った。

「伊治(いじ)まででは楽として、そこより衣川(ころもがわ)への山道がきつうござれば、お気をつけ召され」

幻水が口にして是雄に頭を下げた。

「なに、前に二度ほど越えたことが」

「雪が溶け、行き交(か)う旅人や荷駄の数が増えて参れば山賊どもらも出没いたします」

「どことておなじ。心得ている」

「念のため、これをお持ちに」

幻水は木札を手渡した。

「物部の身内である証し。示せばたちまち手を引きまする。その連中も物部を敵に回せば後が厄介と心得ておりますほどに」

「それで余計な面倒がなくなる」

是雄はありがたく預かった。

「船が先とは思いまするが、もしや弓削さまがお先の場合、鎮守府にてお待ちを」

「承知。そなたの仲介がなくては話がややこしくなるばかり。心得ておる」

「ではただちに船を出しまする」

幻水は一礼して船に乗り込んだ。


「そう派手に動き回るな」

是雄は空高く飛び回る髑髏鬼を制した。

「伊治までは人の目もある。敵とて滅多に仕掛けては参らぬ。危ないのは山中」

そうか、と髑髏鬼は是雄の肩に戻った。

「何人かが気付いて不思議そうに空を見上げていた。それの方が気になる」

まだまだ日は高い。辿る里の畑にはぽつりぽつりと人の姿が見られる。

「気にする場合じゃなかろうに。こっちは命を懸けた旅。捨てておけ」

「黙っておれの懐に潜んでいろ。昼日中に襲う鬼など滅多におらぬ」

「その油断が禁物。儂ならそこを狙う」

「弱い鬼なればな」

是雄はくすくすと笑った。

「なんなら先回りして様子を探って参ろうか。これじゃ付いてきた意味もない」

「頼んだ覚えもない」

「まっこと冷たい言い種。張り合いがのうなるわ」

髑髏鬼は是雄の懐の中で喚き立てた。

「夜に寝ずの番をしてくれた方がずっとありがたい。それまでは寝ておけ」

是雄は笑って馬の脚を速めた。

伊治の里に半ばの位置まで来ている。

まだ明るいうちに伊治へと辿り着いた。

ここはかつて蝦夷との戦さの最前線と位置づけられていた場所で堅牢な城柵も築かれていた。が、坂上田村麻呂が阿弖流為の率いる蝦夷連合との永い戦いに勝利を得て以来、朝廷側の防衛拠点の役割も薄れ、今は穏やかな郷となっている。

無理をせず是雄はここを今夜の宿と決めた。山越えの道は開けていると言うものの、夜では動きが限られる。

「拍子抜けするほど怪しい気配はないの」

適当な宿を見繕って部屋に落ち着くと髑髏鬼は是雄が開けた窓から入ってきた。

「なにもなしに越したことは。まだ相手の正体も知れぬでは用心がなにより肝要」

「無駄に二手に分かれたことになるぞ。それじゃ格好もつくまいに。是雄の策に気付かず船を襲っておらねばいいが」

「おれが乗っているかどうかはすぐに察しよう。そんな間抜けな鬼と違う」

「腹癒せに襲わぬとも。こっちの数を減らしておけば後が楽になる」

うーむ、と是雄は唸った。自分なら相手の狙いがなににあるか確かめるまで下手な手出しはしないが、否定もできない。

「月も出て来た。一っ飛びして船の無事を確かめて参ろう。朝までには戻って来る」

「早くに発つ。そのときは衣川の里に通じる道を辿って参れ。迷う心配はない」

よしきた、と髑髏鬼は張り切って再び窓から飛び出した。是雄は苦笑で見送った。頭ばかりの身で疲れを感じないのだろうが、あの落ち着きのなさには閉口する。


夜明けを待って是雄は宿を出た。

今日のうちに山越えをして向こう側の衣川の里に辿り着きたい。まだ髑髏鬼は戻らないが、案ずるまでもないはずである。是雄は馬の歩を速めた。久方ぶりの一人旅だ。解放された気持ちにすらなっていた。頬を打つ陸奥の風はさすがに冷たい。それも疾駆する馬を操っているうち心地よく感じられはじめた。都暮らしでは滅多に味わえないことだ。

山道にはまだ雪が溶けず残されている。馬の方がちゃんと心得ていて、荷駄の通った轍に沿って難なく駆け走る。この様子では夕刻までの山越えもたやすいことに思える。

鬼を待ち伏せする策であるなら峠の頂上近くにあったはずの山小屋に籠もる手が常套であろうが、そこまで自惚れてはいない。あの鬼の力をしっかり見極めぬうちは、こちらから何も仕掛けぬのが利口というものだ。

その頂上近くの山小屋から五、六人が道を塞ぐように飛び出てくるのが見えた。すでに刀を手にして振り回しているからには幻水が案じていた山賊に違いない。

是雄は苦笑いして馬の手綱を緩めた。

「その格好と急ぎ足。鎮守府への使者か」

纏めらしき大男が前に回って止めた。

「違うが、物部の手形を持参しておる」

是雄は懐から取り出してかざした。

男らは舌打ちした。良き獲物と見ていたのだろう。纏めの者はその手形を改めた。

「いつよりこの小屋に潜んでいた?」

反対に是雄の方が纏めに質した。

「いつから小屋に居たかと訊いている」

返答をしない纏めに是雄は重ねた。

「物部の手形にゃ違いねぇが、そいつぁ手出しせぬというだけの取り決め。と言って、舐めた口利きをしやがりゃ話は別だ」

纏めは腰の刀に手を掛けて睨んだ。手下たちも再び是雄の包囲にかかる。

「ただ訊ねただけに過ぎまい」

「その小者扱いが気に喰わねぇのよ」

「言えぬわけでもあるのか」

「うるせぇ。殺して死骸を谷底にぶん投げりゃ、物部に訴えたくてもできやしめぇ。それが嫌ならとっとと消え失せやがれ」

「なるほど。そうやってこれまでに五人を手に掛けたか。娘も二人いる」

是雄の言葉に纏めはぎょっとした。

是雄には纏めの背に取り憑く五人の悲しそうな姿がはっきりと見えていた。

「てめぇ、それを探りに来た役人か！」

数を言い当てられてのことだろう。纏めは刀を引き抜くと手下らに目配せした。是雄は素早く馬から飛び下りた。馬を傷付けられでもすれば残りの旅が厄介となる。

是雄は馬を離れて敵を待った。

「一人で来るたぁ大した度胸」

是雄を包囲して纏めはにやついた。

「この刀を見ればおれの正体が知れよう」

是雄は静かに腰の刀を抜いて切っ先でゆっくり大きな円を何度か描いた。山賊たちの目がそれに釘付けとなる。

やがてその切っ先は円から次第に呪文をなぞる筆の動きに変わった。上下左右にきらめく輝きに山賊たちの目もしっかりついてくる。体も合わせて大きく揺れる。

「その物言い、蝦夷とは思えぬ。国府(こくふ)の兵役から逃れて山賊に成り果てた者どもか」

「だったら……どうなんだ」

纏めはぼうっとした目で質した。

「手に掛けた数とて取り憑いている五人ばかりではないな。そなたらを地獄に引きずり込もうと何十本もの腕がその足下から」

目をやって纏めは叫びを発した。

手下らも闇雲に刀を払って逃げ惑う。是雄の言葉通りに地から伸びて蠢(うごめ)く腕が見えているのだ。すべては是雄の術による暗示に過ぎないのだが、幻の種はこの者たちの胸にこそある。手下らは互いに斬り合いをはじめた。仲間を亡霊と思い込んでいる。

「おのれらの犯した罪の重さと知れ」

是雄は冷たく纏めに言い放った。

見逃す気持ちは是雄になかった。

二人の手下の刀がその纏めの背と左腕を切り裂いた。浅い傷だったらしく反対に纏めが一人の首を落とす。それからは修羅場となった。是雄は吐息した。よほど罪を重ねてきた者たちであろう。

やがて山道は死骸だらけとなった。

「くそっ、どこに消えやがった」

よろよろとしながらも生き残っていたのは纏め一人だけだった。が、左の腕はない。目の前の是雄に気付かぬのは未だに術中にあるせいだ。目はしかと開いている。

ん、と是雄は纏めの左の袖に目をやった。腕を切り落とされているのに、その袖は手下どもの返り血を浴びているだけで、体から噴き出た血の滲(にじ)みが少しも見られない。

是雄は纏めの周辺を見渡した。少し離れたところに一本の腕が転がっている。

なるほど、と是雄は大きく頷いた。

「おぬし、とうに死んだ身であったか」

言われて纏めはぎょっとした。

「転がっている腕から一滴とて血が流れておらぬ。これまで操られておったのだ」

「な、なにをぬかす」

纏めはがたがたと体を揺らせながら是雄に突進し刀を振るった。が、勢いはない。

「気付かれたと察して、操っていた者が奥に隠れた。うぬも手下らの元に行け」

是雄は纏めに声を発した。あんぐりと口を開けた纏めだったが、重い刀を握る右腕が鈍い音を発して足下に落ちた。纏めはぼうっとした目でその腕を見詰めた。

「いかに術士として朝廷に仕える我が身とて、行き先々でかような目に遭うことは稀(まれ)。たまたまではあるまい。やはりこの者の体に潜り込んで待ち構えておったと見える」

是雄は迷わず魔物払いの術に転じた。

「臨(りん)・兵(ぴょう)・闘(とう)・者(しゃ)・皆(かい)・陣(じん)・裂(れつ)・在(ざい)・前(ぜん)」

発する声に合わせ九字の印を切り結ぶ。

次いで不動明王大呪を高らかに唱える。

「悪魔降伏、怨敵退散、七難即滅、七福即生秘、不動明王！」

是雄の祈りは激しさを増した。

「のうまくさらば、たたぎゃていびゃく、さらばぼっけいびゃく、さらばたたらた、せんだんまかろしゃだ、けんぎゃきぎゃき、さらばびきなん、うんたらたかんまん」

纏めはその呪文の一つ一つが身を貫いている如く、苦悶の顔で転げ回った。

その体から逃れるように抜け出た白い影が是雄の頭上で渦を巻いた。

「やはり伴大納言！」

是雄は唸りを発した。白い影はゆっくりと伴大納言の顔となっていく。足下に転がった纏めの体は死骸と化していた。

「睨んだ通りの厄介者。見事な腕と褒(ほ)めて遣わそう。よくぞ見抜いた」

伴大納言はからからと笑った。

「大事な主人はいかがした」

臆せず是雄は質した。もはや生前の伴大納言に対する畏怖の念など微塵もない。

「この陸奥を目指したと知って面白がっておられたぞ。しかも同行せし者らの多くが吉備(きび)に所縁の者とお知りになってな」

伴大納言は薄笑いで返した。

「吉備？　それがいかがした」

是雄は眉根を寄せた。いかにも自分は吉備の生まれであり、道隆と夜叉丸も一緒だが、たまたまのことでしかない。

「山賊ごときを蹴散らして驕り高ぶるでない。面白くなるのはこれからぞ。その時まで生かしておけとのお指図。こたびはほんの遊び。うぬの力がどれほどのものか儂が試してみたかっただけに過ぎぬ」

「噴怨鬼は今どこにおる？」

「どこにでも。冥界はいかなる場所にも通じておる。うぬらは足取りをくらませたつもりであったろうが、意味なきことと知れ」

からからと笑って伴大納言は姿を消した。

是雄は思わず吐息した。噴怨鬼にとっては自分など取るに足らない相手でしかないのであろう。それを思い知らされる。

「この死骸、いったいなにがあった！」

いきなり空から声がした。髑髏鬼のものである。是雄は見上げて苦笑した。こんな時には髑髏鬼こそ頼もしく感じられる。

「大納言なぞと偉ぶっておるが、結局いつでも逃げてばかりじゃないかい。なにが試しじゃ。儂が間に合うていたら噛んでやった」

子細を耳にして髑髏鬼は吠え立てた。

「噛んでも霊体には通じぬ」

是雄もくすりと笑って、

「その様子では皆も無事らしい」

「おう。明日の朝には胆沢に着こうよ。なにやら馬鹿馬鹿しい気分。向こうでなけりゃ是雄が狙いと皆も案じておったわ」

髑髏鬼はそれでも安堵の表情に戻した。

「なれば夜道を覚悟で山越えすることもないな。この山賊らが根城としていた山小屋にて朝を待とう。食い物や酒もあろう」

「この死骸はどうする？」

「谷底に捨てるしかない。邪魔となる」

「儂ぁなにも手伝えんぞ」

「馬の鞍に縄を結んで死骸を引かせる。崖まで運べば後はたやすい」

血糊は隠せないが、じきに夕刻となる。

「自業自得とは言え、こやつらもよくよく運がないの。魔物に取り憑かれ、果ては国一番の術士とやり合わされるとは」

「これまでの悪行の報い」

死骸の足首に縄を結んで是雄は返した。


山小屋の中には五人の霊が正座して居並んでいた。是雄に深々と頭を下げる。

「あの山賊どもらに殺められた者たち」

是雄は髑髏鬼に教えて一人頷いた。

「お陰であの世へと旅立てまする」

白髪の霊が是雄に礼を口にした。

「在所と名を教えてくれたら、そなたらのこと必ず伝えてやる。安心いたせ」

「ありがたや。良きお方に出会えました」

白髪の霊の言葉に皆も手を前に揃えた。

「体はどこにある。身内に探させよう」

「小屋の裏藪に捨てられてござります。なれど孫娘二人は裸に剝かれたままの哀れな姿。店の小者などの目に触れてはあまりに不憫。倅にはくれぐれもそのことを」

「分かった。案ぜずともよい」

涙をこらえて是雄は請け合った。

「殺しても飽き足らんと言うは、あの連中のことじゃな。糞野郎どもが」

髑髏鬼はぼろぼろ涙を零した。

「志和とやらは遠いのか？」

五人の霊が消えると髑髏鬼は質した。

「胆沢鎮守府からさらに馬で半日ほどか」

「近隣一の油問屋と言うたの。身内もさぞかし行方を案じておろう。書状にしたためてくれたら儂が届けてやってもいいぞ」

「そなたでは相手が仰天いたそうに」

「主人の枕元にぽんと置いてくる」

「逆に怯えさせよう。嬉しい知らせでもない。鎮守府に着いたら使いを走らせる。哀れな話ではあるが死んだ者たちは戻らぬ」

「死んでもこうして儂のようにぴんぴんしておるのを見れば安心するかも知れんさ」

いかにも、と是雄は珍しく笑った。

「是雄と付き合うようになって何十年にもなるが、つくづくと偉い者じゃの」

「なんだ急に」

「ぬしほどの力があればなんだとて望みが叶おう。儂がぬしならそうする」

「気儘な暮らしが望み。それだけだ」

「日々の水垢離修行や断食が気儘か？」

「術士であれば誰しも。苦ではない」

「銭にも無欲。楽しみはないのか」

「考えたこともないな。いつ鬼を相手に果てるやも知れぬ身。そう心掛けている。欲と未練こそ術を乱す一番の枷」

「口で言うのはたやすいがの。それがままならぬのが人の性というものぞ」

「人にまで求めてはおらぬ。そなたは好きに酒を浴びているがいい。死んでからも我慢することはあるまい」

「今まで一度として尋ねたことはなかったが……なんで儂のような者を仲間として迎え入れてくれたんじゃ？」

「髑髏鬼と化す者は人一倍に念の強き者。そなたは運悪くこの世では報われる機会に恵まれなかったようだが、別の境遇にあれば必ずや世に名を成す者となっていたはず。これは師の川人さまも常々口になされていた。おれもその通りだと思う」

「とんだ買い被りぞな」

それでも髑髏鬼はでへへと笑った。

「そなたに救われたと思うたこと、これまでに何度となくある。我が生涯の友」

是雄は正直に応じた。

「な、なんじゃ。儂を泣かせるな」

髑髏鬼は飛び回って涙を振り払った。

7

翌日の未明に是雄は山小屋を出た。

細い山道だが、辿れば迷わず蝦夷の暮らす奥六郡の入り口に達する。夕暮れ前には胆沢鎮守府まで楽々と着けるだろう。

「敵はなにを考えておるんじゃろうの」

是雄の左肩でのんびり揺られながら髑髏鬼は口にした。

「てっきり真夜中に襲い来ると思ったに。これでは寝ずの番もとんだ無駄骨」

「あるいは肝心の捜し物がどこにあるか知らぬのかも」

「それでこっちを泳がせておるのか」

「余計な手間が省けように」

「馬鹿馬鹿しい。なれば我らがこのまま都に引き返せばどうなる?」

「的を物部の者たちに絞るだけ。承知であれば噴怨鬼自ら陸奥入りをしているはず」

「確かに。奇妙とは思うていた」

髑髏鬼も大きく頷いた。

「となると陸奥に面倒を持ち込んだのは我らということに」

「ど、どういうことじゃ」

髑髏鬼は目を丸くした。

「すべては淡麻呂の見し夢がはじまり。ゆえにこそ噴怨鬼の狙いは丹内山の大岩の下に封じ込められた民の金神と睨んだが、思えば噴怨鬼の方は何一つ口にしておらぬ。本気で疫病を広めるつもりだったやも」

「……………」

「なのに我らは思いがけぬ動きに出た。おれにさしたる力のないのは噴怨鬼も承知。だが、形だけは内裏の陰陽寮の頭。なにか内裏の秘密を承知とみても不思議ではなかろう。それで伴大納言を我らに張り付けた。行き先が陸奥と知って喜んだようだが、噴怨鬼にも思い当たるものがあったのかも知れぬ」

うーむ、と髑髏鬼は唸りを発した。

「それ以外に我らを捨て置く理由を見つけられぬ。つまりは我らの先走り」

「淡麻呂の早過ぎた夢というわけか」

髑髏鬼は、やれやれと吐息した。

胆沢鎮守府に是雄が到着したのはまだ日の高い刻限だった。

門衛に案内された賓客用の館には、丹内山に真っ直ぐ向かったはずの道隆や夜叉丸たちの姿もあった。是雄の身を案じてのことだ。是雄も笑顔で向き合った。着いたら直ぐにでも道隆たちを丹内山から呼び戻すつもりでいたのである。春風は陸奥権守の立場ゆえに鎮守府正門の間近に構えられている長官の館に迎え入れられたという。

「それでわざと様子見に回っていたか」

是雄の説明に道隆は唸りを発した。

「そなたらが丹内山の大岩の下を掘りにかかれば噴怨鬼も理由を探りにかかろう」

「とんだ藪蛇となるところだった」

道隆は舌打ちを繰り返した。それなら逆に自分たちの動きが噴怨鬼を陸奥に引き寄せたことになる。

「なれど、吉備の者が揃ってなにが面白い。いったいなんのことやら」

夜叉丸は腕を組んで首を傾げつつ、

「艮の金神が吉備と関わりがあるなど一度として耳にしたことがない」

それに皆も頷いた。

「あっちが言うたこと。理由など詮索してなんの意味がある。倒せば終わる」

相変わらず髑髏鬼は呑気なことを言う。

「じゃろうに。是雄からそう聞かされたときは慌てたが、これは戦さぞ。はじまったことに今更なんのかの言うても仕方ない」

「理由によっては話し合いの余地も……なさそうだな」

是雄も苦笑した。

「それより芙蓉と淡麻呂はどうした？」

髑髏鬼が温史に質した。

「のんびり過ごす暇などなさそうだと察して淡麻呂を親のところに連れて参った。今夜は戻るまい。淡麻呂も大喜び」

「なんじゃ。儂も行くつもりでいたに」

「怖がられるだけ」

道隆は鼻で笑った。

「この儂が淡麻呂にかしずいているのを見れば親も倅の出世と喜ぼうに」

皆は噴き出した。

そこに中原剛俊が姿を見せた。是雄の到着を知ってのことである。

「ご到着早々に恐縮いたしまするが、春風さまはすでに物部の館の方に足を運ばれておられまする。手前がご案内を」

「おれ一人で、ということだな」

承知して是雄は腰を上げた。

8

さすがに陸奥の蝦夷を一つに纏め上げている物部の館である。通りに面した店の構えも相当なものだったが、庭の造りの見事さには都のそれを見慣れている目にも驚かされた。中心には広い池が見られる。その水に囲まれるように拵(こしら)えられた四阿(あずまや)に物部を率いる日明と春風が幻水とともに待っていると言う。あそこならなにを話したとて外に漏れる気遣いがない。

狭い橋を渡る足音を聞きつけて幻水が姿を見せた。剛俊は一礼してそのまま橋を引き返した。そして警戒に回る。敵は鬼である。どこから出現するか分からない。

「まずはご無事のご到着。安堵いたしました。山越えではいろいろとあったご様子」

「なに、向こうはまだ様子見の模様。こちらがなんのために陸奥へ下ったか疑念を抱いているようにも思えてきた」

それに幻水は小首を傾げた。

「子細は日明どのの前で申そう」

是雄に幻水も首を縦に動かした。

是雄が日明と対面するのは今日が初めてだが、無論その名は承知している。高齢と聞かされていたが、背筋はしゃんと伸び、目には鋭い輝きが見られた。若い時分には相当な剣の使い手であったとも耳にしている。

「淡麻呂のこと感謝申し上げる」

日明は真っ先にそれを口にした。

「淡麻呂の祖父は手前の身内同然の者。いずれ手前が引き取って先行きを見てやらねばと思っており申した。弓削どのの養子となったと聞かされた折は嬉しく思ってござる」

「礼を言わねばならぬのはむしろ当方。これまでに何度となく淡麻呂の力に救われたことか。真に途方もなき力。淡麻呂の中には少彦名神が宿られており申した」

と聞いて日明は目を円くした。

「こたびの一件とて淡麻呂の見し夢が発端。もっとも……その解釈については手前の先走りがあったやもと迷うており申す」

「迷い、とは？」

日明は是雄を見詰めた。

「淡麻呂が伝えし夢はこうして今ここに居る我らが打ち揃って丹内山に祀られし大岩の前にて戦勝祈願しておるもの。そこに丁度都に於いての嘖怨鬼の出現が重なり、あっさりと二つを繋げてしまい申した。嘖怨鬼の望みはこの国を滅ぼすこと。となれば艮の金神ほどの力を用いねば無理」

「……………」

「大事に到らぬ前に陸奥に赴き、艮の金神を封じたと伝わるアラハバキの神の力におすがりし、嘖怨鬼の狙いを打ち砕くしかない。と思いきに、敵の動きを見るに、どうやら向こうは我らがなにゆえ陸奥に足を運んだか首を傾げているような按配。反対に禍いを陸奥に招き入れることになったのではと懸念しておったところ」

是雄に日明はうーんと唸り腕を組んだ。

「であれば、我らこそ陸奥にとって疫病神。ご迷惑をおかけする前に都へ引き返すということも考え申したが、淡麻呂の見た夢ばかりは変えることができませぬ。これまで常に夢がまことととなっておりまする。形ばかりでも丹内山へ出かければ済む、と思案いたせしも、それではあまりに当方の身勝手。やはり戦う他に道はないと心に決めたばかり」

「都に戻れば、その噴怨鬼とやらも貴殿たちを追って引き返すやも知れぬ」

「それでも丹内山になにがあるのか必ず確かめんとするはず。あれほどに力のある者。大岩の下にただならぬ気配があると即座に察し申そう。捨て置くはずが」

いかにも、と日明は腕を組み吐息した。

「そもそも艮の金神とはいかなる神で？」

是雄は日明に質した。

「アラハバキの神が封じたからには蝦夷にとっても邪神ということになりましょう」

「信用いたすまいが……我ら物部が祀っているのは大岩に宿りたもうアラハバキの神であって、封じたものについては」

知らぬ、と日明は首を横に振った。

「嘘が通じるお人にはござるまい」

是雄の困惑を見て取って日明は笑うと、

「今も申したごとく我ら物部に代々課せられし重き任は、あの大岩の守り一つ。なれど、肝心の丹内山の地の底になにが封じられているかについては何人にも明かされぬまま今に到っておる次第」

「しかし、艮の金神が陸奥の地に眠っておることは古くからその言い伝えが」

「承知じゃが、それは内裏の側から生まれた憶説に過ぎぬこと。この陸奥の地は都から見れば正しく艮の方角。我ら物部も元は内裏に仕えていた身。そう見做すのも無理からぬことと心得ており申すがの」

「…………」

「そもそも我ら物部が都から逃れ、この陸奥に落ち延びしわけを貴殿はどこまでご承知であられるか？」

日明は是雄を見据えて質した。

是雄は返事に詰まった。

「我ら物部が陸奥に下ったのは、およそ三百年も昔のこと。その頃の陸奥は朝廷にとって蝦夷という蛮族の暮らす未開の地と見做されておった。兵を繰り出そうにも右も左も分からぬ始末。そこなれば追っ手を案じることもない。そのように見た者が大方であろうが、真実は異なる」

「どう異なりまする」

「これも我ら物部に残されし古き伝承ゆえ、どこまでまことか知れぬことなれど、我らはもともと空より天磐船に乗ってこの国に下った饒速日命さまに従いて参った者の末裔とされており申す。饒速日命さまは後に河内や大和の辺りまでご進出召され、この国の纏めにご尽力なされたが、最初に下り立たれたのは出羽の鳥見山であったとか。それが真実であるなら陸奥、出羽、津軽こそ我ら物部の本来の故郷。つまり我らは都を追われて辺境と見做されていた陸奥に落ち延びたのではなく、本拠地に舞い戻ったこととなりましょうに」

「物部のご出自は出雲一帯と聞き及んでおり申したが」

是雄に日明も頷きつつ、

「朝廷に残されし古記録はすべておのれらに都合良きよう藤原に書き換えられている。いかにも我ら物部は出雲にて国造りの手助けをしておったが、その国とは今の朝廷が敵として攻め滅ぼした大国主命さまの纏められていた出雲のこと。朝廷は物部の持つ鉄の精錬の技欲しさに我らを抱え、元々からの従者であったかのように見せかけた」

ほうっ、と是雄は息を吐いた。

「陸奥に居を移したのだとて、逃れてのことにはあらず。朝廷を見限ったのは我ら」

「アラハバキの神とはなんでござる」

たまらず是雄は口にした。

話の筋道がまるで見えてこない。

「アラハバキの神の宿りたまいし大岩あるところ必ず鉄の鉱床が見付かる。ゆえに鉄を扱う我ら物部にとっても神となる。なるほど、鉄に関わる神ゆえに金神とも言えるか」

面白そうに日明は笑った。

「お言葉にござるが、丹内山の大岩の下にただならぬ霊気が満ちておるのは確か。あれだけの力を持つものを封じるとは、よほどの神としか思われませぬ」

是雄は苛立ちを抑えて詰め寄った。

「アラハバキの神とは遠い古代より陸奥に暮らす民らが崇め敬って参った神。饒速日命さまがこの地に下り立たれる遥か以前より祀られていたと聞く。天より下りていらしたと言うからには地神ではあるまい。そのお体に似せて作られたという土人形が津軽の辺りからしばしば掘り出される。まことに不思議なお姿。蝦夷の者たちは知らぬようだが、儂は少彦名神の同族ではないかと胸の底で思うておった」

「少彦名神！」

是雄ばかりか春風も絶句した。

「じゃからこそ淡麻呂の中に少彦名神が宿られておられたと耳にして仰天した次第」

「もはや脱け出てしまわれ申した」

「お一人だけとは限るまい。我ら物部とて饒速日命さまに従ってこの地に下った。天磐船には百人を超す者たちが同船していた。少彦名神もおなじであったとしてなんの不思議もなかろうに。むしろその方が当たり前」

「途方もなきお話にござりますな」

是雄は何度も首を横に振った。

「とはまた、この世の者でない鬼を相手とする御仁の言葉とも思えぬ」

日明はくすくすと笑って、

「なんにせよ、ご案じは無用。噴怨鬼とやらの力がいかほどに大きかろうと、アラハバキの神が封じたものをたやすく解き放てるはずがない。請け合い申す」

ははっ、と是雄は頭を下げた。

「なにやらまた誑かされているような」

春風はにやにや顔で日明を見やった。

「また、とは」

日明は春風に目を向けた。

「先年の戦さ。そなたの仲立ちによって和議にまで漕ぎ着けたが、そもそもあの戦さ、そなたと、ここにおる幻水によって仕組まれしものではなかったのか」

「これはさて、なんの話やら」

「まあよい。お陰で陸奥も平穏を取り戻し、蝦夷たちの暮らしも多少は楽になったはず。この儂とて和議を纏めたことで恩賞を授かった。礼を口にするのは儂の方」

春風は日明に頭を下げた。

日明はそれに苦笑いで応じた。

見ていた幻水がくすくすと笑った。

9

「ど、どういうことなんじゃ」

髑髏鬼はあんぐりと口を開けた。

物部の館から戻った是雄の話を詳しく聞かされてのことである。

「おのれらが封じておきながら、それがなにか分からぬなどふざけた話。是雄ともあろう者がそれにあっさり頷くとはこれまた情けない。じゃから儂も付いていくと言うたに」

それに道隆たちも暗い顔で同意した。

「封じたのは物部の者たちがこの陸奥に足を踏み入れるより遥か前の話」

「にしても正体くらいは聞いていたはず」

髑髏鬼は喚いてぶんぶん飛び回った。

「何千年も昔のことと言う。いかにも丹内山神社を建立せしは物部だが、その遥か以前よりあの大岩はあり、すでにその地の底にはなにかが封じられていた」

「その霊気が今でも変わらず噴出しているとでも？　馬鹿馬鹿しい。嘘に決まっておろうに。是雄もほとほと人が良い」

「大岩の下に穴を掘る策は取り止める」

髑髏鬼を無視して是雄は皆に言った。

「まさか大岩のすぐ真下に封じ込められているということはなかろうが、万が一にも掘った穴を通じて飛び出しでもすれば一大事。陸奥を滅ぼす羽目にもなりかねぬ」

確かに、と皆も是雄の言に頷いた。

「なにもかも無駄足というわけか。まったく、淡麻呂も余計な夢を見てくれたものよ」

髑髏鬼は吠え立てて、

「もしや親に会いたい思いが見させただけの夢じゃなかろうの」

断じて、と是雄は首を横に振り、

「淡麻呂はこれまでに一度として丹内山に足を運んだことはない。なのに口にしたのは正しくあの大岩の光景。神の導きだ」

それに皆は吐息した。

「日明どのは鬼の力がいかほど強かろうと大岩の下に封じられているものを解き放つことなど無理と請け合うたが、それとてただの思い込み。下手な手出しは命取り」

「だったらこの先どうする気じゃ！」

髑髏鬼はまたまた吠え立てた。

「嗔怨鬼はまだ我らの狙いを知らぬはず。だからこそ探りを入れている。それなら明日にでも都へと舞い戻る手もあろう」

是雄に皆はあんぐりと口を開けた。

「余計な回り道となったが、我らがなにもせず引き返せば嗔怨鬼とて戸惑いつつも追って参ろう。幸いに、と申せば我ながら情けないが、淡麻呂の見し夢が我らの救い。またこの地に足を運ぶまで、我らの無事は約束されたようなもの。以前に髑髏鬼が言うた通りだ。丹内山に参らぬうちは生き長らえる」

「し、しかし」

当の髑髏鬼が慌てた。

「それを何年続けるつもりじゃ。我らはいいとして、都がどうなるか分からんぞ。あの鬼は都を滅ぼす気でいる」

「ものは考えよう。丹内山の大岩に我らがこぞって参るのは、噴怨鬼を無事に退治してのお礼詣でと見做すこともできように」

おお、と皆は顔を輝かせた。

「と言って、たやすい相手じゃあるまい。わざわざ陸奥にまで追ってきたからには我らの動きにこれからも目を光らせる。それでこの先何年も我らが無事とは到底思えんぞな。誰一人無傷でまた陸奥へ舞い戻るなど……そんな程度の鬼であれば、そもそもこうして陸奥へ出向かずともとっくに退治できたはず」

確かに、と道隆も髑髏鬼に頷いた。

「珍しく一理ある言だな」

是雄は髑髏鬼に苦笑で頷いた。

「つまりどういうことになりますので」

温史が困惑の顔で質した。

「噴怨鬼は我らがなにゆえ陸奥に足を運んだか知らぬ様子に思えたが、ひょっとして知らぬのは陸奥に封じられし者の在処ばかりで、まことの狙いは我らにそれを解き放たせようとしておったのかも。今にして思えば伴大納言の言動、いかにも奇妙。煽るばかりで余計な攻めは一切試みて参らぬ。こちらの動きが邪魔と見たれば噴怨鬼自ら出向いてケリをつけそうなもの。そもそも、気にもならぬ虫けら同然と見做しおれば我らのことなど捨て置こう。大納言を遣わしてこちらを慌てさせる必要など一つもない。さもなき山賊どもらを操ってなんの威嚇（いかく）となるのか、実を申せばこのおれとて首を傾げていた。あの場に噴怨鬼がおったなら、おれの命などたやすく始末できたに違いない」

ほうっ、と皆は吐息を漏らした。

「日明どのが請け合った通り、アラハバキの神が封じたものに、いかに強大な鬼とて滅多には手も足も出せぬのかも。それで我らを煽り立てる策に出たのやも知れぬな」

「し、しかし、我らと丹内山との関わりを噴怨鬼はどこで知ったのでありましょう」

温史は信じられない顔で詰め寄った。

「おれは淡麻呂と二人で噴怨鬼と間近でやり合った。あれほどの者なれば淡麻呂の心の中にあるものを察して不思議ではなかろうに。しかもあのとき我ら二人はたやすく葬られてもおかしくない苦境に追い詰められていた。殺すまでもないさもなき者、と噴怨鬼は哄笑（こうしょう）したが、あるいは別の使い道を思いついてのことだったのかもな」

「それが……つまり」

「我らを用いて丹内山の地下深くに封じられたものを解き放つこと」

「それではいかにも一刻も早くこの陸奥から立ち去る他に道はなさそうだ」

道隆は腕を組んで是雄の策に同意した。

「そしてこの陸奥を噴怨鬼の好きなようにさせるのか」

夜叉丸は反対に回って続けた。

「であろうに。是雄が今言うたように、まこと噴怨鬼が淡麻呂の胸の裡を見通したのであれば、たとえ我らが都へ舞い戻ったとしてたやすく諦めはすまい。手頃な者を探し当ててアラハバキの神の封じたものを呼び覚まそうとする。すこぶる当然の話」

「手頃な者とは？」

是雄は夜叉丸に目を動かした。

「おれが噴怨鬼であるならアラハバキの神に仕える巫女が格好の獲物。たやすい相手でもなかろうが是雄より楽であるのは確か」

皆は思わず顔を見合わせた。

「有り得る……な。夜叉丸の言うた通りだ。もはやことは我らばかりの問題ではなくなっておる。現に伴大納言は陸奥に足を踏み入れた。我らがこのまま立ち去ったとて必ずその裏を探ろう。立ち向かうしかない」

おうさ、と髑髏鬼は張り切った。

「いっそのこと、明後日には皆で丹内山に場所を移すか。それでことが早く済もう」

重ねた是雄に髑髏鬼は慌てて、

「皆で行けば淡麻呂の夢が成就してしまおうに。それではもはや後がなくなるぞ。それから先はどうなるか……誰が死ぬか知れたものではなかろうに」

「その覚悟なくして勝てる相手ではない」

おう、と皆は笑って是雄に同意した。

「それに、丹内山での祈願をぐずぐず先延ばしにすれば、我らは無事としても無縁の蝦夷たちをこれに巻き込む恐れがないとは申せまい。術士とは守るべき人のために死ぬる者。その心でのうては鬼と戦えぬ」

「芙蓉や淡麻呂を巻き込んでも、か」

髑髏鬼はぼろぼろと涙を零して、

「儂ぁとっくに死んだ身。是雄と共にであるなら喜んで道案内人となろうが、淡麻呂たちが哀れでならぬ。せめてあの者たちは外してくれ。親に会えると知って淡麻呂がどんなにはしゃいでおったか是雄は知るまい」

「淡麻呂と芙蓉の二人は断じて死なせぬ。死んでもおれが守り抜く」

是雄は涙を堪(こら)えて髑髏鬼に約束した。

艮の金神

1

翌日の早朝。

幻水が一人で是雄を訪ねて来た。

「朝早くにご迷惑と存じましたが」

「なに、常に夜明け前から起きている」

術士にとっては当たり前の習慣である。朝日の輝きに動きを重ね吉凶を見定める。

「昨夜はどうにも気になることが頭から離れず、寝ずに古文書を紐解いていた次第」

「こたびの一件に関わる話か」

「胆沢の物部の倉には内裏（だいり）に関わる古文書や主立ったご一族の系譜などが山のように集められており申す。内裏の図書寮（ずしょりょう）とはむろん比べものにならねど、たいがいのことであれば守（かみ）の赴任以前に調べがつきまする」

と聞かされて是雄は驚いた。

「陸奥守や鎮守府将軍の内裏に於いての力のあるなしや、係累との繋がりの強さ弱さを知らずして迂闊な交誼は結べますまい。下手をすれば物部の命取りになる恐れとて」

「そうして物部はこの陸奥にて命脈を保ち続けてきたというわけだな」

「あくまで保身が先にあっての策。物部には都に舞い戻る野心など微塵も。手前が陸奥に骨を埋めるつもりとなったのもそれ。この地には自由がありまする」

幻水に是雄も大きく頷いた。

「頭領の日明とて是雄どののご気性にすっかり惚れ込んだ様子。下らぬ大臣や参議どもらの守りに命を削らすにはあまりにも惜しい御仁と嘆いており申した」

それに是雄はくすくすと笑った。

「こたびの一件とて同様。丹内山の大岩の下に封じられしものの正体がなんであれ、それをしたのは蝦夷や物部が深い信仰を寄せるアラハバキの神であるのは確か。となれば地の底より解き放たれたそれは真っ先に蝦夷への報復に取りかかって不思議はなし。内裏に仕える側にすれば、それもやむなし、というか、どうでもかまわぬ話。なのに是雄どのは蝦夷の先々をご案じ召され、大事に到らぬ前に陸奥より引き返すとまで。到底無理とは承知しつつも、日明は是雄どのをなんとか仲間に迎える工夫はないかと心底より手前に口にしてござる」

「……………」

「そもそも物部と弓削氏には古来より深き繋がりがありまする」

うむ、と是雄は曖昧に頷いた。

「物部は鉄を用いての刀。弓削は文字通り弓作りで朝廷に仕えし一族。古文書をあれこれと探し読みするうち、神への信仰を一とする物部と仏への帰依こそ国を救う道とした蘇我との争いに目が止まってござる。その時の物部の総帥は物部守屋。正しき名は物部弓削守屋。いかにも奇妙な姓。首を捻り申した」

確かに、と是雄も同意した。

「さらに古文書を漁り、守屋は弓削の一族の女を母とするゆえ弓削の姓も足し加えたというものを見つけましたれど、これはどうしてもこじつけ。双方の血を受け継いでいるとして弓削を味方に加え、蘇我に立ち向かうつもりであったとしか考えられますまい」

うーむ、と是雄は腕を組んだ。

「物部の物とは、もののふ、すなわち武人の、もの、を表すと同時に、もののけの、もの、を示すと古来より伝わっておりまする。もの、とは霊魂。ゆえにこそ神への崇敬が篤き一族。その血が親族となった弓削のお人らにも伝わったのでござりましょう。弓削のご一族より術士が多く輩出いたせしこと、断じてたまたまのことにはありますまい」

「一夜でよくぞそこまで」

幻水の賢さは春風より聞かされていたものの、是雄は内心で舌を巻いた。

「いや、大事な話はこの先にござります」

幻水は襟を正して是雄を見詰めた。

「皆様方が盛んに首を捻られていたこと」

「とは？」

「吉備の者が打ち揃うとは面白し」

「なにか心当たりでも？」

「そもそも弓削の方々、秦の一族、そして蘆屋という術に巧みなご一党が、あたかも競う如くに吉備国を永住の地と定めしは一体いかなるわけにござりましょう」

問われて是雄は小首を傾げた。遥か大昔の話ゆえ理由など考えたこともない。

「手前が調べた限りでしかござりませぬが、いずれも元々は摂津、河内、播磨などを本拠地としており申した。吉備とは一切無縁」

ほう、と是雄は吐息した。

「と言って、むろん一族の全てが吉備に移り住んだわけでは……術を得手とするお人らばかりが吉備への移り住みを上より命じられたと見るのが道理に叶うておるのではありますまいか」

いかにも、と是雄も得心した。

「となると、それほどの術士らが力を合わせねばならぬほどの相手が吉備に居たということも考えられまする」

「その相手こそ噴怨鬼であると！」

膝を叩いて是雄は大きく頷いた。

「手前もいったんはそうに違いなしと得心したものの、ではなにゆえその者が遠き陸奥のことにまで心を動かすのか……鬼の胸の裡までは古文書を穴の開くほど睨んでも分かり申さぬ。いったんは諦めて次に吉備に伝わる話をあれこれと探すうち、温羅と呼ばれし鬼の騒動に巡り会いました」

「そなた、やはり只者でないの」

ほとほと是雄は感心の顔で、

「いかにも温羅ほどの鬼を封じるには術士の十人を投じても安心はできまい。これまでの言、一つ一つに頷ける。温羅は死して首一つとなっても目玉を動かし、大声を発したと聞かされている。たとえ地の底に首を封じたとてどうなるか。それを案じて弓削、秦、蘆屋の術士たちに吉備の守りを命じても不思議ではない。それに……今のそなたの言で思い出したが、温羅はその地の民らからなぜか艮みさきと呼ばれ恐れられていた」

「艮みさき、にござりまするか」

「みさきとは、御前を示すものだろう」

「いかにも」

「艮の呼び名の由来が何か知らぬが、あるいは温羅こそ艮の金神の正体であるかも」

是雄に幻水は絶句した。

「温羅退治の先陣に立っていたのは、まず間違いなく物部の長。いつまでも怒りを鎮めぬ温羅の首を持ち帰ったとも考えられよう。そして都から遠く離れた陸奥の丹内山の大岩の下に封じた。むろん絶大なるアラハバキの神の力を信じてのこと。内裏における艮の金神に対する恐れが一気に広まったのはそのことと関わりがあるのやも知れぬ」

「恐れ入りましてござります」

幻水は是雄に深々と頭を下げた。

2

幻水の辞去した後、皆を集めて是雄が伝えた温羅の一件に道隆と夜叉丸の二人は仰天を隠さなかった。まさか温羅が今の騒動に繫がる糸であるなど思いもよらなかったことであったに違いない。吐息を繰り返す。

「な、なんじゃ。そないに強いやつか」

髑髏鬼は是雄と道隆に目を動かし慌てた。夜叉丸も腕を組み天井を見上げている。

「この国の開闢以来、最強の鬼と言ってもよかろう。温羅を退治したと伝えられる吉備津彦命さまを祀る吉備津神社は内裏に於いて伊勢神宮に劣らぬ扱いを受けている。一説には、かつて吉備には内裏に劣らぬ権勢を誇った大国があり、それを平らげたことが温羅伝説となったとするものもあるが、幾万もの兵を繰り出しての国攻めを、たかだか数匹の鬼退治にすり替えるなど有り得まい。やはり鬼を相手とした戦いと見るのが正しかろう」

是雄に、髑髏鬼は唸りを発した。

「幻水が言うた通り、弓削、秦そして蘆屋という術使いの一族が吉備一帯に本拠を移したのも決してたまたまとは思えぬ」

「いったいいつのことぞな。そないに恐ろしき鬼の話であれば儂とて一度くらいは耳にしていてよさそうなもの」

「十代崇神天皇の御世と伝えられておる。今の帝は五十八代に当たられるゆえ、途方もない大昔のこと。帝の代数から数えれば少なくとも五百年は経っていような。温羅の名を耳にして即座に首を縦に動かすは吉備の民を除けば術士ぐらいのもの」

「そんな化け物が甦ったと言うのか！」

髑髏鬼は喚き立てた。

「そうは言っておらぬ」

是雄は苦笑して、

「おれは丹内山の大岩に封じられているものが温羅ではないかと言うておる」

「し、しかしあの鬼はそなたら面々の素性を知り、吉備の者らが揃うとは面白しと伴大納言に口にしたと言うのであろう。温羅でのうて他に誰がそれを言う」

「となれば温羅はとっくの昔にアラハバキの神の封印から逃れていたことになるな」

「それほどの鬼。なんの不思議もない」

「であるなら我らとて一安心、と言いたきところだが、そうではなかろう」

「なんでじゃ！」

「おのれが抜け出た大岩に、そうとは知らず我らがこぞって向かったと知れば、愚か者めと高笑いするだけであろうに。わざわざ大納言を遣わして動きを探らす必要などない」

「……？」

「それに噴怨鬼は陰府にて数百年を過ごしたとはっきり口にした。大仰な歳月にしても、陰府でなくては伴大納言と出会えまい。もしそれが温羅なれば妙な話。陰府もまた神の支配下にある。わざわざ封じた温羅を手元に迎えたということになろう」

「世間にはよくある話。改心したと見て迎え入れたとも考えられように。そもそも是雄は大事なことを忘れているようじゃ」

「ほう、なんだ？」

「噴怨鬼は首一つの身。温羅じゃとて首だけで大岩の下に封じられたと言うたぞ」

う、と是雄は詰まった。

「じゃろうに、じゃろうに」

髑髏鬼は得意気に高笑いした。

「しかし」

是雄は直ぐに首を横に振り、

「時代が異なる。温羅が退治されたのは十代の天皇の御世のこと。その頃なれば噴怨鬼が敵と見做す藤原の蔓は一本とて生えておらぬ。藤原の蔓が生い茂るようになったのは天智天皇が大化のご改新の折りの功績を称えて中臣鎌足に藤原の姓を与えてからのこと。たかだか二百年やそこらの前でしかない。仮に温羅が自力で地下より抜け出たとしても、なんの所縁もなき藤原に対して恨みなど抱くはずがあるまいに。その前に自分を封じた物部や我ら吉備の術士を一番の敵と見做すはず」

いかにも、と道隆らも頷いた。

「となると、どういうことになるんじゃ」

髑髏鬼は是雄に詰め寄った。

「あわよくば温羅と手を組み、この国を根こそぎ滅ぼそうと目論んでおるのやも」

「じょ、冗談ではない。噴怨鬼とて手強き相手。それに温羅とやらまで加われば、まっことこの先がどうなるか」

髑髏鬼はぶんぶんと飛び回った。

「こうなっては、どうしても大岩の下に封じられているものの正体を突き止めずにはいられぬな。それが温羅であって、万が一にでも噴怨鬼と足並みを揃えられればもはや取り返しのつかぬ事態となる。藤原の蔓どころか国自体の存続にも関わることに。このとおり噴怨鬼一人に手を焼いている我らでは勝ち目が薄かろう」

「やはり物部の手助けを願うしかないのではありますまいか」

温史に是雄は吐息して頷いた。

「噴怨鬼の正体さえ知れれば函（はこ）に封じてしまえるが、未だに手掛かり一つない」

夜叉丸は舌打ちして拳を握りしめた。

「噴怨鬼は後回しにして、とりあえず温羅の方を函に閉じ込めてしまえばどうじゃ。二匹を相手とするより楽というもの」

髑髏鬼に是雄は首を横に振って、

「せっかくアラハバキの神が封じてくれているのだ。あるいは噴怨鬼とて手も足も出せぬやも知れぬ。それを見極めずして函を用いてしまうのは早計」

「なるほど。いかにもというやつじゃの」

髑髏鬼も得心した。

「許して貰えるかどうかが先決だが、この事態となっては日明どのにこちらの推測を嘘偽りなく告げ、丹内山の大岩の下に封じたものの正体を突き止めるのが肝要。頷いてくれたなら早速にでも地の底に潜る」

是雄に皆は顔を見合わせた。

「むろんおれ一人、霊体となってだ」

「……！」

「穴を掘ってでは取り返しのつかぬ羽目となる恐れも。それしか方策はあるまい」

「何が起きるか知れたものではない」

道隆は激しく首を横に振って、

「それが温羅を解き放つことになるやも」

「おれと違って相手はアラハバキの神によって封印されている身。たやすくは抜け出せまい。それが神の力というもの」

「いや、万が一にでもここで是雄を失うような策は認めぬ。是雄あっての我らぞ。たとえ封じられている者がなんであろうと、そなたさえ無事であれば道はまだ開ける。そもそも嘖怨鬼の半端な動きとて我らを用いて温羅を解き放そうとしての罠かも知れまいに」

確かに、と是雄もそれには頷いた。

3

ふたたび是雄に物部日明から会いたいとの申し入れがあったのは昼過ぎのことだった。おそらく幻水からいろいろと耳にしたに違いない。是雄は直ぐに足を運んだ。

こちらに、と店の者に案内されたのは昨日の四阿（あずまや）ではなく大きな倉である。重そうな扉を開けると黴（かび）の匂いが是雄を包んだ。ここが幻水の口にしていた書庫であろう。

幻水が小さな吐息で是雄を迎えた。

中に足を踏み入れるなり是雄はおびただしい書物と巻物の山に思わず息を呑んだ。

内裏の図書寮に劣らない。

「物部所縁の者以外で入りしは是雄さまくらいかと。物部の宝とも言え申す」

幻水に是雄も頷きを繰り返した。

「こちらにござれ」

薄暗い奥の部屋から日明の声がした。

「温羅の一件。深く考えもせず日明に口にしたところ是雄さまを直ぐに、と」

幻水は困った顔で頭を下げた。

「術に関わる巻物も多く見られる」

奥に進みながら是雄は棚を眺め唸った。陰陽寮（おんみょうりょう）にも備えられていないものだ。

「これを見せられては長逗留をしたくなってきた。なにやら怖くなってしまうほど」

物部がかつて鬼封じの役目に就いていたのは承知である。あって不思議ではない巻物類と言えるが、途方もなき量だ。渡来のものと思しき書籍も山と積まれている。

「是雄どのがお望みであれば、いくらでも書き写して進呈いたそう。こたびの一件が無事に終了せしとき、あらためてこの倉をご検分召され。ただ遺しおるだけで、我らにはとんと意味の知れぬ書籍も多ござる。読みこなし、使いこなす者あってこそまことの宝となり申そう」

「神に仕える巫女（みこ）がおりましょう」

是雄は部屋で日明と向き合い微笑（ほほえ）んだ。

「巫女の才は学問と違いましてな。簡単な文字くらいしか読めぬ者が多い」

なるほど、と是雄は首を縦に動かした。あの淡麻呂とて同様である。

「仮に呪文を読めたとて、術士の腕の差によって効き目も違うはず。唱えるだけで済むのなら、この世は術士で溢れかえっておる理屈。望みのままに生きていかれる。噴怨鬼のごとく常に火に囲まれている者であれば冬の寒さとて気になりますまい」

思わず是雄は声にして笑った。

「幻水にはまだ無縁のこととして伝えてはおらなんだことなれど……」

日明は真面目な顔に戻して続けた。

「身贔屓にはござらぬが、さすがに幻水と言うべきか、温羅の一件に驚いた次第」

「……？」

「昨夕は、大岩の下に封じられし者の正体など知らぬとお返し申したが……もしや温羅ではないかという口伝えが遺されており申す」

日明は口にして目を瞑った。

「なぜそれをお隠しに？」

「推量ばかりで証しのなきこと。それを申すなら、まだ他にも怪しき話がいくらでも。先祖の頭領らとて大岩の下になにが押し込められておるのかあれこれと頭を働かせて参った。それが当たり前にござろうて」

確かに、と是雄も頷いた。

「たかが巷の鬼ごときに手出しなどできるはずもない。そう踏んで昨日は知らぬふりで押し通したものの、是雄どのの方から温羅の話が出たと聞かされては捨て置くわけに参り申さぬ。ここは隠し事なしにご貴殿と手を組んで嗔怨鬼とやり合うしかないと覚悟いたしした次第。許されよ」

日明は吐息しつつ頭を下げた。

「いまだにあれほどの気を放ちおる相手。断じて尋常な者にあらず。温羅以外となれば、何者でありましょうや」

「儂は……笑われるであろうが……あるいは須佐之男命ではないかと」

あまりの返答に是雄は絶句した。

幻水も唖然としている。

「その場合、地の底に封じたのには断じてあらず。むしろアラハバキの神を守り神としての墓陵と考えるのが正しかろう」

「し、しかし……そのような伝承がこの陸奥に残されておりますので！」

是雄は膝を進めた。初耳である。

「もともと須佐之男命は姉である天照大神との仲違いから空の高天原より地上に追われしお方。真っ先に出雲にお下り召され、ご子息である大国主命ともどもこの国をお作りになられた。が、それとて永くは続かず、出雲の民らは今の朝廷の祖先に当たる天孫族によって情け容赦なく滅ぼされ、遠き陸奥にまで追いやられる羽目となった。この陸奥に大国主命を祀る社の多きことでもそれが分かり申そう。肝心の須佐之男命は自ら根の堅洲国に引き籠もったと伝えられしが、丹内山に間近い江刺の里には明らかに須佐之男命の化身と思われる武塔神の放浪辛苦の旅の様子が伝えられておりまする。武塔はその地に置いて一夜の宿を裕福な巨旦の家に求めたものの、余りの汚い身なりに無下なく追い払われ、次いでその兄に当たる蘇民という貧しき者を訪ね、大いなる歓待を受けしと聞く。翌朝に須佐之男命は蘇民にご自身の正体を明かし、この地に間もなく疫病が蔓延いたそうが、我が加護を得た証しであるこの茅の輪を身につけておれば疫病も即座に退けられると告げられた上で、我は須佐之男命であると名乗りを挙げられた。以来、その里は蘇民の血筋の者ばかりで占められるようになったとか」

「左様な言い伝えがこの辺りに」

是雄は唸って腕を組んだ。

武塔という名とて、八岐大蛇(やまたのおろち)を退治したほどの腕を持つ須佐之男命に似つかわしい仮の名に思える。

「噴怨鬼という鬼の狙いは都に疫病をもたらすこととお言いであったな」

日明に是雄は、あっと口を開けた。

「左様。今の話の通り須佐之男命さまなれば疫病を自在に扱えられましょうに」

「それこそが噴怨鬼の狙いであったやも」

是雄の首筋から冷や汗が噴き出た。

「ただし、手前の睨(にら)み通り丹内山の地下に葬られておられるのが須佐之男命にあらせられるなら噴怨鬼など敵ではござるまい。それもあって昨日は心配ご無用と」

「いかにも、にござる」

「加えて、艮の金神」

「さて？」

「須佐之男命は何ゆえか知らねど牛頭(ごず)天王という別名もお持ちであられまする」

「牛頭、すなわち、うし、にござるな」

気付いて是雄は目眩(めまい)にすら襲われた。

「手前の憶測通り、まこと丹内山の大岩の真下に須佐之男命がお眠りであるなら、艮の金神の呼び名にとていささか合点が」

日明は困った笑いを見せつつ、

「世に艮の金神の別名に相応しきお方は須佐之男命以外滅多にはおられますまいよ」

はて、と是雄は日明を見やった。

「あのお方は八岐大蛇を見事に退治召され、その体より草薙剣を得られた。すなわちこの国にて初めて表れたる鉄の刀。この言い伝えをどのように読み解くかによって異なり申そうが、鉄や黄金を掘る我ら物部にすれば至極頷ける話。幾筋にも入り組んだ坑道は正しく八岐大蛇の体内そのもの。そこから掘られた鉱石を用いて須佐之男命はそれまでにない強靭な剣をお作りになられたのであろう」

日明に是雄は唸りを発した。

「石から金を生む神。ゆえにこそ金神」

「お見事、としか言い様がござらぬ」

是雄は日明に心底頭を下げた。

「なれど温羅とてたやすく退けられぬ」

日明は首を横に何度も振って、

「貴殿なればとくとご承知にあろうが、温羅は異国より飛来しし神の眷属で、多くの民を捕らえては鉄の採掘に駆り出したという伝聞が残されておるはず。さらには温羅の首が葬られた場所も鉄の釜の置かれし竈の真下。それを思えば金神という呼び名も不思議なし。と言うたところで内裏配下の術士に退治されし者なれば神の中でも下っ端じゃろうがの」

くすくすと笑いを見せた。

「春風さまがこれを聞けばどう思われるでしょうな。まこと底知れぬお人」

「食わせ者、とまた叱られるは必定」

日明の返答に是雄は噴き出した。笑い事ではない話だが、いかにも、である。温羅への疑いを幻水が抱かねば、いつまでも素知らぬふりを押し通していたに違いない。

「と言って、それを確かめるすべもありますまいに。掘らぬ限り証しなど一つも。また、懇願されても我らは従えぬ。物部が守り通してきた一番の掟にござるゆえ」

「……………」

「ただし、噴怨鬼の退治には我ら物部も総力をあげてお手助けいたす所存。あの大岩に仕える巫女たちもすでに手配済み。明日には参集いたそう。上手く運べば地下にお眠りのお方のお言葉を耳にすることとて」

「神の言葉を！」

「全てはあちら次第。我らにはなんとも」

日明はくすりと笑いを見せて、

「なれど、もしや淡麻呂であれば」

真面目な顔に戻して続けた。

「昨日耳にいたせし淡麻呂の中に少彦名神（すくなびこなのかみ）さまが潜（ひそ）まれていたという話」

「疑いなきこと。自らそうお名乗りに」

「少彦名神であれば大国主命の国造りにご尽力なされたお方。大国主命は須佐之男命のご子息。となれば互いにお仲間と見ておいでに違いない。その少彦名神が淡麻呂の中に長年お住まいであったと知れば格別な親しみが生まれても不思議にはあらず。試してみて損とはなりますまい」

「今は抜け出てしまわれ申した」

「じゃから試しに、と」

「もしも温羅であった場合には淡麻呂の身に危険が及ぶ恐れとて」

「いかにも……これは迂闊にござった」

　日明は是雄に頭を下げた。

「あいや、それこそ日明どのが須佐之男命であると信じておられる証し」

「証しなど……そう思いたいだけじゃ。内裏が忌避した鬼の首を、いかに務めとは申せ、先祖自らこの陸奥の地の底に封じたとは信じたくなかっただけのこと。真実であるとしたら恐らくお帝（かみ）の身近に仕える誰ぞが、都から遠く離れた陸奥の地に押し込めろ、とでもけしかけたに相違なし。万が一のことがあっても災難を被（こうむ）るのは卑しき蝦夷（えみし）。吉備とは較べられぬ」

「確かに。それが内裏の常套策」

　遺憾ながら頷ける話である。蝦夷を蔑（さげす）み敵対視して居ればこそ幾度もの討伐に躊躇（ちゅうちょ）一つ持たなかったのだ。

「手前であれば、この体から離れ、霊体となってあの大岩の下に潜り込むことが出来申す。あくまでもそちらのお許しが得られればの話にござりまするが」

是雄に日明と幻水は目を丸くした。

「穴など掘らずとも、ということかの」

日明は膝を進めて問い返した。

「地の底に潜るのは試したことがなけれど、恐らく。先般はそうして淡麻呂の頭の中に入り込んだことも。断じて夢にはあらず。淡麻呂の方とて手前が訪ねしことを皆にはっきりと請け合ってござる」

うーむ、と日明は唸りつつ腕を組んだ。

幻水も信じられぬ顔をしている。

「そこまでの力をお持ちの貴殿が手を焼く相手とは……まこと侮れぬ鬼にござるな。どうやら敵を甘く見ておったらしい」

ふうっと日明は深い吐息をした。

「お許し願えるなら、巫女たちの加護の下、試してみとうござります。さすればさらに手前の力が強くなるに違いなし」

「その間、貴殿の体はどうなる？」

「見守っていた仲間たちの話では死んだごとくぴくりともせなんだとか」

「戻るにはどうなさる？」

「なにも。自らおのれの体に潜り込むだけ」

それに二人はまたまた吐息した。

「もしも……それが上手く運び、地の底に眠りおられし者の正体が知れたとき……真っ先に手前に明かしてくれるというお約束を頂戴できようか？」

日明は厳しい顔に戻して質した。

「その場に赴きしが手前一人の場合はたやすきことなれど、さて……」

是雄は腕を組んで目を瞑った。

同行を拒んだとて必ず道隆や夜叉丸、髑髏鬼は自分の身を案じて付いてくるに違いない。あの者たちなら物部の目を躱すことなどたやすい。

「温羅のときは正直に申し伝え、それがもし須佐之男命であられた場合、正体も知れず、繋ぎすら取れなかったと日明どのに応じるのはいかがで？」

「その場はそれで済むかも知れぬがの」

日明は暗い目となった。

「ご案じはご無用。噴怨鬼ごときがなにを仕掛けようと通じる須佐之男命にはあらず。無駄と知れば諦める他なし。我らばかりを敵として仕掛けて参るに違い申さぬ」

是雄に日明はいかにもと得心した。

「これでようやく策も立てられ申す」

是雄には新たな闘志が生まれていた。

4

「またそれか！　取り止めると言うたに」

是雄の策を耳にし道隆は怒声を発した。

「危ないことにはなるまい。地に潜りて封じられし者の正体を探るだけの話。一人戦うつもりなど……もし温羅と見定めた場合、日明どのも物部の総力を挙げて手助けすると」

「是雄にやり合うつもりがなくとも、相手がどう出るか知れまいに。そもそも我らは物部の助けなど当てにしておらぬ」

道隆に髑髏鬼たちも同調した。

「こたびは物部の目を盗み、こっそりと潜るのではない。大岩の前にはアラハバキの神を祀る巫女たちも控えている。巫女らは封じおる者の心を鎮める力を持っているとか。心配は無用。そう見定めて決めた策。まずは相手が何者か確かめずして先の道はない」

う一む、と道隆は目を瞑り腕を組んだ。

手助けしようにも是雄の外に霊体となれる者は一人も居ない。

そこに玄関先から賑々しい声がした。

「戻りてござります。遅うなり申した」

甲子丸の陽気な声が館に響き渡った。

「呑気（のんき）なものよな。遊山（ゆさん）気分じゃ」

髑髏鬼はそれでも嬉しそうに飛び出た。

「淡麻呂たちばかりではないな」

是雄も腰を上げて髑髏鬼に続いた。


玄関先にはにこにことして立ち並ぶ淡麻呂、芙蓉、甲子丸の他に平伏している十人以上の蝦夷と思われる者たちの姿があった。

「どうしてもご主人さまに直（じか）におめどおりしてこれまでのお礼をいたしたい、と」

甲子丸に続いて女が顔を上げ涙ぐんだ。淡麻呂の母親と是雄は直ぐに察した。

「あ、ありがとうございます。これほどにお優しく淡麻呂をお育ていただき、いつ死んでも心残りはもう……ご無礼とは知りつつ、どうしてもお礼を申し上げねばと」

口にして母親はどっと泣き伏した。

我が手で殺（あや）めた方が淡麻呂にとって幸せではないかと思い詰めていた母親である。

「あのとき見込んだ通り、淡麻呂には特別な神がお宿りになられていた。礼を言わねばならぬのはおれの方。淡麻呂のお陰で幾たびか難を逃れられた。この通りだ」

母親に是雄は深々と頭を下げた。

「勿体ねぇこって！　罰が当たります」

母親に他の皆々も泣き伏した。

「お礼にと、近親の者たちが毛皮や干物などを数多く持参いたしてくれました」

甲子丸に教えられ是雄は皆に一礼した。

「あの神様から貰った剣を皆にも見せて」

淡麻呂は是雄の袖を引いてねだった。

「剣？　なんの話だ」

「そういう夢を見たらしい」

芙蓉がくすくす笑いながら教えた。

「眩しい部屋に是雄と神が向き合っていて、なにかの褒美だろうが、きらきらと輝く剣を貰ったとか。今朝からその話ばかりを。淡麻呂が欲しがっているようだ」

「神様はどんなお姿だった？」

胸の鼓動を鎮めつつ是雄は淡麻呂に質した。おそらくはこれから潜るつもりでいる大岩の地底に眠る者に違いない。

「光っていてなにも見えなかった」

「なればなんで神様と知れた」

「是雄が自分で言っていた。剣を貰うときだって是雄は頭を下げていた。だから絶対に是雄より偉い相手だ」

うーむ、と是雄は唸った。地の底が眩しいとは到底思えぬものの、淡麻呂の見た夢はこれまで一度として外れてはいない。

「玄関先では皆も落ち着くまい。広間に案内してなにか振る舞って差し上げろ」

甲子丸に命じて是雄は淡麻呂の細い手を引くと皆に一礼して下がった。

その後ろ姿を母親は嬉し涙で見送った。


「とうに教えている。こそこそ隠れず皆に挨拶いたせばきっと喜んだであろうに」

皆の待つ部屋に入ると芙蓉は例のごとく付き纏う髑髏鬼を邪険に払って言った。

「知っておったら声がけしてくれりゃいいものを。驚かしてはいかんと思ったのよ。せっかくのいい場面に水を差す」

嬉しそうに髑髏鬼は芙蓉の肩に乗った。

皆は呆れて苦笑するしかない。

「そんなことより淡麻呂の見し夢」

是雄は皆を見回して言った。

「淡麻呂はおれが地の底に潜って神と対面したと言うておる」

「神？　とはなんの話だ」

道隆は眉をひそめて詰め寄った。

「地の底に眠りおるのは鬼ではなくて神のお一人かも知れぬということだ」

「馬鹿な。神なれば好きに出入りできるはず。窮屈な場所にいつまでも居るわけが」

それに夜叉丸も同意した。

「ここで今あれこれ詮索したとて意味がない。潜って見ればたちまち知れよう。淡麻呂が見た夢なれば必ずそうなる。それならぐずぐずと延ばすより明日にでも早速地の底に参ると決めた。止めたとて夢は変えられぬ。それは皆もとくと承知のはず」

有無を言わせぬ是雄の口調に道隆も諦めた顔で頷きを繰り返した。

淡麻呂の母親たちが繰り返し礼を述べながら立ち去った後、是雄はまた一人で物部の館を訪ねた。道隆たちが一緒では話しにくいことがある。

「やはり温羅ではなさそうにござるの」

日明は淡麻呂の見た夢の話を耳にして大きく頷いた。

「できれば明日にでも潜りてみようかと」

と聞かされて日明は眉を動かした。

「なれど他の者らもそれに立ち会う、と」

その諒解を得るために是雄は日明のもとへ足を運んだのである。知れば春風とて必ず見届けると言うに違いない。

「皆が揃えば、それこそ淡麻呂が以前に見し夢が成就してしまうのでは？」

日明は案じた。それを済ますまでは、とりあえず皆の命に別状なしと聞かされている。その先は何が起きるか知れない。

「手前もそう言い聞かせ申したが……」

是雄は首を横に振った。誰もが、死ぬときは一緒と口にして聞かなかったのである。そう言われては許すしかない。

「対面いたすは是雄どのお一人。もしまこと須佐之男命にあらせられた場合、せめてそれをお隠し召されてくれませぬかの」

苦渋の顔で日明は是雄に持ちかけた。

「そう知れば内裏が捨て置きますまい。内裏にとっては一番に恐れる神」

それは無論承知、と是雄は応じた。

5

翌朝。是雄たちは東和の里にある丹内山を目指した。まずは物部が用意してくれた船で日高見川を少し遡り、対岸につけてそこから馬に乗り換える。

「この大人数。心配になってきおった。きっと噴怨鬼もどこかで見張っておるぞな」

髑髏鬼は空を見上げて案じた。

「ゆえに儂一人でいいと言うたのだ。こうして皆が揃ってのこととなれば、淡麻呂の夢が実現してしまう。その先は何が起きるか分からぬ事態に。噴怨鬼の正体すら摑めぬうちにそれをしては……」

「なに、是雄と共に死ぬるは本望。そなたがおらぬ先々など面白くもない。一緒であれば、またあの世での旅も楽しきものに」

道隆に芙蓉と温史も大きく頷いた。

「冥土に酒や旨い食い物はあるもんかの」

髑髏鬼は大真面目にそれを案じた。

「そなたにこそ訊きたい。そちは先達」

道隆は笑って髑髏鬼に質した。

「儂ぁ骨となっても身動きがならず、そっちの方にだけ気がいっていたからの。正直言うて、あの世がどんなとこかも知らん。怖いのは儂一人この世に残されることよ。芙蓉や淡麻呂と馬鹿話もできなくなる」

うーむ、と皆は押し黙った。

「新たに淡麻呂の見し夢がどういう先行きを伝えるものか分からぬが――もしおれがまこと神より剣を授かるとすれば、断じて噴怨鬼に引けは取るまい。鬼ごときが神に勝てるはずもなし。ここまできたらそれを信じてやり合うしかあるまいな」

是雄に皆も笑顔に戻して頷いた。

「またそなたと共にこの道を辿るることになろうとは。よくよくあの大岩と縁がある」

ようやく東和の里に足を踏み入れ、平野の遥か前方にこんもりとした丹内山の山影を認め、春風は苦笑しつつ是雄に重ねた。

「兵を繰り出そうかとも思ったが、鬼が相手ではなんの手助けにもなるまい。つくづくとおのれの力のなさを思い知らされる」

「手前とて。あの鬼には翻弄され続けにござる。たとえ術士が束になってかかったとて倒せる相手かどうか。生涯の難敵」

本心から是雄は応じた。

「現れると思うか？」

「こちらを泳がせていたとすれば必ず」

「なんの策もなく、それこそまことの神頼みとなりそうな按配（あんばい）だの」

「案じられるのは淡麻呂の見し新しき夢」

「とは？」

「岩の地下の話となれば手前は霊体の身。まこと剣を授かったとしても持ち帰ることができるかどうか。霊体とは言わば夢の中の自分のようなもの。あるいは神がその剣の隠し場所を教えてくれるのではと思いしが、淡麻呂に問うてもそこまでは知らぬと言うばかり」

うーむ、と春風は唸った。

「どうせなら手前どもが噴怨鬼を討ち破り、皆で酒盛りをしている夢を見てくれた方がどれだけ安心したことか」

是雄に春風は笑いを発して、

「まこと羨ましき付き合いだの。こうして皆が打ち揃えばもはや後戻りがならぬ理屈。なのに嬉々としてそれを望む者らばかり」

「そうおっしゃる春風さまとてご自分から今日の子細を見届ける、と」

是雄は微笑んだ。これで春風がその場に居なければ夢の実現とはならない。

「若い者たちが命を捨てて立ち向かおうとするのを承知で様子見などできまい。それをやればもはや将ではなくなる」

「恐れ入りました」

是雄は深々と頭を下げた。

「しかし、まこと霊体なれば案じることは一つもないのか？」

「実体でなければ剣も炎も通用いたしますまい。水の中でも息継ぎ不要。ま、その間に手前の本体の首を刎ねられでもすれば戻る体を失い、面倒にはなりましょうがな」

「それでも霊体の方は死なぬ、と？」

「誰ぞの体に潜り込むことはできそうな気もいたしまするが、それでは相手に迷惑。結局は霊体のままこの世にいつまでも留まるということになるでありましょう」

うーん、と春風は唸った。

「その霊体の声とてよほどの術士以外には届きますまい。寂しき毎日にございましょう」

「よく他人事(ひとごと)のように言えるものぞな」

春風は暗い顔で是雄を見詰めた。

丹内山の麓で馬を下り、是雄たちはなだらかな坂道をゆっくりと辿った。馬でも楽に登れる勾配だが全山が神域となっていて許されない。坂の途中から何人かの巫女の唱える賑々しい祝詞が聞こえてきた。皆の到着を知ってのことだろう。

ひふみよいむなやこと、とこやなむいよみふひ。ひふみよいむなやこと、もちろらねしきるゆい、つわぬそをたはくめ、かうおえにさりへて、のますあせえほれけ、い。ふるべゆらゆら、ゆらゆらとふるべ、ふるべゆらゆら、ゆらゆらとふるべ

大気を切り裂くような甲高い祝詞なので一言一言はっきりと聞こえるものの意味は掴めない。それでもなぜか体中がやんわりと包まれるような心地好さを覚える。

「やっぱり今日のことだ」

淡麻呂が笑顔で是雄の袖を引いた。

「この歌がずっと聞こえていた」

「そいつをもっと早く言わんかい！」

髑髏鬼は淡麻呂を睨み付けて、

「知っておったなら、やらせぬものを。お陰で後がのうなったわ。儂ぁ知らんぞ」

ぶんぶんと飛び回り喚き散らした。

皆は吐息混じりながら覚悟を定めて坂を上がると境内に辿り着いた。

真正面の緩やかな斜面に想像を遥かに上回る巨岩が横たわっていた。その大岩の大きさに圧せられて皆の足が止まる。

「この岩が蓋（ふた）となっていては、いかにも抜け出すなどとても無理、だな」

道隆は首を何度も横に振った。夜叉丸も神妙な顔で同意した。

取り巻いている巫女たちの数にしても三十人は居るだろう。まさに神の岩だ。

「この岩と周りには冬でも雪が積もらぬ。他にもいろいろ不思議はあるが、まさに神の依（よ）ります岩としか言い様がないの」

日明に皆は素直に頷いた。

「ひふみよいむなやこと、とこやなむいよみふひ、ふるべゆらゆら」

巫女たちの祝詞がまたはじまった。

「地の底に禍々（まがまが）しい邪鬼が封じられていると聞かされ、それなりの覚悟を定めて足を運んだが……」

巫女たちの祝詞の合唱に包まれながら道隆は小声で皆に口にした。

「この大岩からは温かさしか感じ取れぬ」

夜叉丸もそれに大きく頷いた。

「祝詞のお陰で心が鎮まっているのであろう。以前におれと春風さまが近づきしときとはまるで異なる。業火（ごうか）が岩を割って噴き出てきそうな怒りが伝わって参った。式盤など空に弾き飛ばされそうな勢い」

是雄に日明は何度も頷いて、

「貴殿らを受け入れて下されたのじゃろう。巫女たちの祈りのせいだけにはあらず」

岩に掌(てのひら)を当ててみるよう促した。

「ほんのりと温みが」

是雄に皆も続いて確かめ唸りを発した。この周辺にはまだあちこちに残雪が見られる。あり得ないことのように思われた。

「陸奥の地に艮の金神が封じ込まれているという風説は、明らかに内裏が蝦夷の民を恐ろしき敵と思わせるため広めた虚言に過ぎまい。我ら物部や蝦夷にとって、ここ丹内山の大岩は紛れもなく守り神」

日明が口にした途端、大岩に明らかな異変が生じた。音はしないが、ぶるぶると、まるで大熊が身震いでもしているような動きだ。さしもの日明も唖然として見守る。

巫女たちにも激しい動転が見られた。

「こんなことは初めてぞ」

日明は信じられぬ顔で見守った。

「封じられたのにはあらず。ご自身からこの大岩を住(す)み処(か)と定められたのでござろう」

察して是雄はその場に平伏した。

道隆をはじめ皆も慌ててひざまずく。

と同時に大岩の中心から眩しい光がゆっくりと広がりでた。周りの景色は光の明るさに負けて

なに一つ見えない。まだ落ちていない日輪の輝きすら及ばない。皆の動転を尻目に一人淡麻呂は手を叩き、

「見たよ。おいらこれを夢に見た」

是雄にはしゃいだ顔で教えた。

「地の底のことではなかったのか」

是雄に淡麻呂は大きく頷いた。

「ありがたや。身の果報」

日明は光に包まれながら地に額をつけた。巫女たちの目には涙が溢れている。

「手前どもは遠き昔に饒速日命(にぎはやひのみこと)さまにお仕えもうしてこの地に舞い降りた物部の末裔にございまする。怪しき者にはあらず」

日明に巫女たちも揃って両手を揃えた。

まるでそれに呼応するがごとく光の輝きが強く淡く変化した。巫女たちが泣く。

大岩が呼吸しているとしか思えない。

「弓削……是雄……前に来よ」

是雄の耳の中に声が響き渡った。

びくん、と是雄は額を上げた。

他の者たちはいずれも平伏したままである。自分にしか届かない声であったようだ。

抗(あらが)えない力の後押しで是雄は腰を上げた。

「淡麻呂も……連れて……参れ」

ははっ、と是雄は振り向いた。淡麻呂はすでに察したのか腰を上げていた。

その淡麻呂の細い腕を取った瞬間――

二人は眩しい輝きの中に吸い込まれた。


「皆、どこに行っちゃったの」

淡麻呂が脅（おび）えた顔で是雄の袖に掴まってきた。いきなり皆が消えたのだ。

「案ずるな。抜け出たのは我ら。皆はあの大岩の前で我らの戻りを待っている」

幻ではないかと思ったが、触れた淡麻呂の体には確かな手応えが感じられる。

「ここだよ！　ここで剣を貰うんだ」

淡麻呂の目がきらきらと輝いた。

「怖くない。いいおじちゃんだ」

それに、わはははと笑い声が重なった。

是雄は無上の喜びに包まれた。

「邪鬼の気配がある……吾が姿を現せば、その者によって全山炎に包まれよう」

耳に響いた声の方角に是雄は畏（かしこ）まった。

「そなたに、剣を与える」

と同時に是雄の眼前に光輝く剣が現れた。宙に浮いて手にするのを待っている。

「返さずとも良い。剣はそなたの胸の裡（うち）に宿り、いつまでも守りの務めを果たそう。苦しきときは心の中で吾の名を呼ぶがいい」

「畏れながら……御名（みな）はなんと？」

「すでに承知であろう」

ははあっ、と是雄は低頭した。

是雄は得も言われぬ感激に浸っていた。

「早う剣を手にするがよい」

神の声に促され是雄は腕を差し出した。

柄（つか）を握る確かな手触りを覚えたのは一瞬で、剣は是雄の体の中にたちまち吸い込まれた。温かい。そして激しい炎が体一杯に溜め込まれたような恍惚（こうこつ）に満たされた。

〈おれは……この世で一番の果報者〉

是雄の目から大粒の涙が滴（したた）り落ちた。

そしてその瞬間——

是雄と淡麻呂は元の世界に戻された。


「どうした！　大事ないか」

その声に是雄は目を開けた。道隆が必死の形相（ぎょうそう）で是雄の頬を叩いていた。

「おおっ、気がついたぞな」

笑顔を見せた是雄に髑髏鬼は歓声を発して頭上を飛び回った。

「淡麻呂もだ。なんともない」

芙蓉の喜びの声も是雄の耳に伝わった。

「おれの身に何が起きた？」

半身を起こして是雄は髑髏鬼に訊ねた。

「そりゃこっちこそ知りたい。岩の光が薄れてきたと思うたら二人が倒れておった」

髑髏鬼は捲し立てた。皆も頷く。

「神のお招きを受け、剣をこの手に授かった。すべて淡麻呂の見た夢の通り」

おお、と皆は大きく頷きつつも、

「して、その剣はどこにある？」

質した道隆にも等しく首を縦に動かした。

「おれのこの体の中。まことに苦しき戦いのときにだけ取り出して用いよ、と」

皆は仰天の顔となった。

「神の御姿はいかがにござり申した」

日明が地に膝をついて向き合った。

「お声ばかり。御名まではお明かしになられませなんだ。なれどこの陸奥の守護神にあらせられしは疑いなきこと。御姿をお隠し召されたのも悪鬼へのご用心のため」

「ご用心？」

「あ、いや、それはご自身のことより我らの身を案じ召されてのこと。次第によっては嗔恚鬼がこの山を炎で燃やし尽くすやもという篤きご配慮にござり申した」

ありがたや、と日明は声にして泣いた。

6

その日の泊まりは丹内山を間近に眺められる物部の館にと日明に勧められた。阿弖流為と坂上田村麻呂が雌雄を決した時代には、ここが物部の本拠であったと言う。戦さで消失する前は今の胆沢城に引けを取らぬ豪壮さを誇っていたらしい。その昔に較べれば、と日明は謙遜したが、名残は充分に感じられた。百人が打ち揃って賑やかな酒宴ができそうな大広間を見ただけで陸奥や津軽に於ける物部の力が知れるというものだ。

「物部はもともと内裏の纏め役として仕えていた一族。都風とて当たり前の暮らしなのかも知れぬが、ここが陸奥と思えば、やはり信じられぬの。内裏の恐れも分かる」

案内された瀟洒な部屋で春風は苦笑いしつつ是雄に言った。今は二人だけである。

「あの親父どのもよほど心を開いてくれたものと思える。内裏に仕える身でここへ招かれし者は恐らく我らがはじめて。すべて今日のそなたの働きの賜」

「働きなどなに一つ」

「そなたは物部の神から剣を授かった身。もはや身内同然と見てくれたに相違ない」

「肝心の噴怨鬼退治がまだでござる」

「その鬼、あの場に居たと思うか？」

「神がお察し召されて口になされたこと。手前には感じられませなんだが、まず間違いはござりますまい」

「なぜ襲ってはこなかった？」

「鬼ごときが相手にできる神にはあらず。それで身を潜めておったものと」

「どうせなら神が噴怨鬼を退治してくれればことが簡単であっただろうに」

　吐息して春風は腕を組んだ。

「神とは人に試練を与える者。何もせぬ者に恩寵（おんちょう）を授けてはくれませぬ。それでは人が少しも成長いたしますまい。神はそうして我らを常に試し、見守ってくださり申す」

「いかにも。正（まさ）にその通りじゃ。人は試練を乗り越えることでさらに大きくなれる」

　春風は何度も一人頷いた。

　そこに日明が衣を改めて顔を見せた。

「この通り、弓削どのにはなんとお礼申せばよいものか。ありがたき御配慮」

　日明は是雄に低頭して口にした。

「どうぞ頭を。手前の配慮などなにも」

　是雄は慌てて日明の額を上げさせた。

「これで先祖らに良き土産が。皆も代々祀りし神が邪神にあらずと知ればおのれの歩んだ道の正しさをはっきりと知ることに」

「すでにどなたもご存じのはず。あの世では神が喜んでお迎え下されたに違いなし」

おお、と日明は顔を輝かせた。

「なにやら両名の間には儂の知らぬ密談でも交わされていたような」

春風はにやにやとして、

「都では立場上滅多なことを口にできぬが、儂も蝦夷の者たちが好きだ。幼少の頃から陸奥に暮らし、民の心の真っ直ぐさも承知。叶うならまた陸奥で過ごしたきもの」

「嬉しきお言葉にござる」

日明はまたまた頭を下げた。


日明と共に大広間に向かうと、すでに場は賑々しい笑いに満ち溢れていた。ここには堅苦しい上下の区別もない。多くの巫女たちの姿も見られる。それでもさすがに春風と是雄には上席が用意されている。

「使いの馬を走らせ申した。幻水もおっつけ胆沢より駆けつけて参りましょう」

日明の言葉と同時に酒と料理が運ばれてきた。伊勢の宿より遥かに旨そうである。

「ごみごみした都などよりこっちの方が心地よい。いっそこのまま当分は陸奥に居残るかと皆で話していたところじゃ。これで噴怨鬼も下手な手出しを諦めて都へ引き返すやも知れんからの。さすれば疫病に罹(かか)る恐れもない。しばらくこうしてのんびりと様子見するのも良策と言うものぞ」

髑髏鬼が飛んできて呵々と大笑した。

「道隆も夜叉丸も鬼の気配を確かに察したと言う。それでなんの手出しもしてこんとは、だらしない。さすがに神が相手ではかなうはずもないと尻尾を巻いたのであろう。なにやら肩の力が抜けてしもうたわ」

「どこにその肩がある」

返した是雄に皆は噴き出した。髑髏鬼は頭蓋骨一つの身である。

「それに、皆はともかく、おれと春風さまは内裏の重い役職に就いている身。勝手に脱けて陸奥に居残れば只では済まなくなる。陸奥の民たちへの迷惑ともなりかねぬ」

確かに、と皆も頷いた。

そこに――

前触れもなく大きな揺れが館を襲った。

床が上下に波打ち、膳や酒桶が右や左にと運ばれる。柱の軋む音が不安を誘う。巫女たちですら悲鳴を発して身を縮めた。

何人もが争って庭に逃れた。

「うろたえるな！　庭の木は少しも動いてはおらぬ。これはまやかし。気を鎮めよ」

是雄は声を張り上げて皆を制した。

かかかか、と嘲笑う声が響き渡った。

と同時に揺れがぴたりと収まった。

皆は唖然として互いを見やった。

「これで吾の力を知ったであろう」

いきなり太い声を発したのは、あろうことか芙蓉だった。芙蓉は広間の真ん中に立つと皆を睥睨（へいげい）しつつ腰に手を当てた。

「噴怨鬼。おぬしであるな」

察して是雄は芙蓉と向き合った。芙蓉は白目の顔でにやりにやりしながら、

「どうやら侮っていたようだの。うぬらを操って艮の金神を世に解き放つつもりでおったに、まさかこの羽目になろうとは」

「承知であれば、これで手を引け」

それに芙蓉はげらげら笑って、

「物部のだらしなさもこれで知れた。藤原への恨みは吾一人で果たす。命が惜しくば暫時（ざんじ）都に近付かぬことだ。もはや悠長な策は用いぬ。陸奥で遠巻きにするがよい。うぬのことは気に入っている。情けと心得よ」

言い終えると指先を庭に向けた。

その指から眩しい光が放たれた。庭の幾本かの木がめらめらと燃え上がった。

他の者たちは身動きを止められているらしく、その場に固まって見守るだけだ。

「死ぬのを厭（いと）わぬなら、どう動こうと構わぬぞ。情けを無駄にするだけのこと。夜叉丸とやらが

持つ函とて吾には通用せぬ。それでもやり合うと言うなら次こそ容赦せぬ」

「なればここで名を明かしてみよ」

「なにゆえ明かさねばならぬ！」

噴怨鬼は吠え立てて——去った。

どたり、と芙蓉はその場に崩れた。

是雄は駆け寄って優しく抱き寄せた。


それまでの弾んだ心は消し飛んだ。

噴怨鬼の恐るべき力を目の当たりにし、誰もが吐息ばかり繰り返していた。そのつもりになればこの館などたちまち灰にされていたであろう。気紛れでこちらを捨て置いたとしか思えない。

芙蓉はまだ放心状態にある。

「まさか夜叉丸の函まで承知とは。これで打つ手がまた一つ減った」

道隆は舌打ちを繰り返した。

「そのことだが……」

是雄は眉間に皺を寄せて、

「なにやらわざとらしき付け足し。逆に函を恐れしゆえの先手ではなかったのか」

それに皆は顔を見合わせた。

「通じぬと我らが思い込めば、もはや噴怨鬼の正体など突き止める意味もなくなる」

「……」

「こちらの無駄を省くような親切心など微塵も持ち合わせている相手にはあらず」

確かに、と道隆も首を縦に動かした。

「加えて妙なことをもう一つ」

是雄は日明に顔を向けて、

「物部はもはや頼みにならず。藤原への恨みはおのれ一人で晴らす、と」

うむ、と日明は頷いた。

「いかにも物部のご一族は朝廷より遠ざけられし身。なれどそれは藤原の蔓がはびこる遥か以前のこと。噴怨鬼が内裏そのものに恨みを抱いておるのなら物部を味方と見て不思議でもありますまいが、藤原のみを敵としながら物部を頼りとするのは……」

それには日明も首を傾げつつ、

「今なればこうして朝廷との和議が果たされた世。誘いになど断じて乗らぬが、これが阿弖流為の頃であったならあるいは」

「内裏の者で蝦夷の背後に物部の手助けがありと承知の者はほとんどおらなかったはず。図書寮の古記録にも見当たり申さぬ」

「じゃからこそ物部の今がある」

「そこが奇妙」

「さて？　なんのことやら」

「共に朝廷を敵とする同志と見做しおるなら、蝦夷こそ味方に、と言いそうなもの」

是雄に日明は唸りを発して、

「つまり、噴怨鬼とやらは、我ら物部の陰の働きを良く承知の者ということに」

「としか思えませぬ」

断じた是雄に日明は吐息した。

「誰ぞ頭に浮かびし名でも？」

「ない、とは申さぬが、大概は藤原の者。戦さを避けんとして山ほどの黄金で抱き込んだ。それは今じゃとて変わらぬがの」

日明は自嘲の笑いを漏らした。

7

広間での宴は取り止めとなり皆はそれぞれの部屋に戻った。が、そそくさと部屋を出て、今は是雄の前に顔を揃えている。

「藤原は身内同士の中でも権勢争いが絶えぬ。昇進を絶たれた者も数多く居よう。藤原への恨みと断じたゆえ、これまで脇に遠ざけていたが、それも怪しくなってきた」

道隆に、いかにもと多くが同意した。

「有り得ぬでもないが、権勢を得た藤原のお人らは日明どのが言うたように物部よりなにがしかの恩恵を賜っている。それに恨みを抱く鬼であれば物部とて同様に敵と見做す。断じて手を結ぼうなどとはすまい」

是雄に道隆は、確かにと認めた。

「なにやらごちゃごちゃし過ぎて頭が変になりそうじゃ。この際、噴怨鬼の正体なんぞどうでもよかろう。こっちには是雄が神様より授かった剣がある。真正面からやり合っても滅多に負けはすまい」

髑髏鬼は声を張り上げた。

「せっかくの弱み。死力を尽くして争うより、函に封じることができればたやすい。まともにやり合えば何人かを失う恐れが」

「そのための剣であろうに」

髑髏鬼は珍しく是雄に喰ってかかった。

「噴怨鬼が望み通り真っ先におれを襲うという確証でもあればな」

「ど、どういう意味じゃ?」

「剣のこととて知られていると覚悟せねばなるまい。先刻とて大仰な警告ばかりでさっさと立ち去ったのは剣を恐れての動きとも考えられよう」

「……………」

「あの噴怨鬼にしたとて、術士が何人も居てはさすがに厄介と見ているはず。剣を授かったおれを後回しにして道隆や夜叉丸を、と思うても不思議ではない」

あ、と髑髏鬼は口を大きく開けた。

「こうして皆が常に一つに固まっておればその心配もなかろうが、まさか半月や一月の間それを続けるのは無理。根比べとなれば危うくなるのは反対に我らの側。鬼は飲まず食わずとも死にはせぬ」

「結界を張れば、いかにあの鬼とて」

夜叉丸が膝を進めて口にした。

「我らしかおらぬ山中ならともかく、ここは人里。誘い出しになにをしでかすか知れたものではあるまい。無辜の民らが多く殺められでもすれば取り返しがつかぬ。あるいは我らなどあっさり捨て置き、都に立ち返り攻めに転ずることとて有り得よう」

是雄に夜叉丸は舌打ちした。

「おれがもし噴怨鬼であれば……」

是雄は一度瞑った目を開き、

「一番の邪魔者は函を持つ夜叉丸。そして神に繋がる淡麻呂を次の的としような」

「淡麻呂じゃと！」

髑髏鬼は悲鳴に近い声を発した。

「今宵からは二人の側におれが常につく。それで敵とて滅多には攻めてこぬはず」

是雄に皆は深い吐息を繰り返した。

「是雄が……おれごときの守りに」

一人、夜叉丸が天井を仰いだ。その両の目からは涙が溢れていた。

「そなた以外に函を扱えまい」

当然のように是雄は応じた。

「今夜から道隆と温史に呪文を伝授する」

夜叉丸の言葉に二人は目を丸くした。函を操る術は秘中の秘と聞かされている。

「万が一にもおれが敗れたときの用心。操る者が居なくなれば屑箱と変わらぬ物」

「しかし……それで」

いいのか、と道隆は是雄を見やった。

「夜叉丸の方から言い出したこと。いかにも夜叉丸を失えば函が無駄となる。異国の呪文とも聞いている。たやすくはなかろうが、それこそ我らにとって大きな盾となる」

「必ず一夜で会得してみせよう」

道隆に温史も覚悟の頷きを繰り返した。

〈これで皆が本当の一つとなった〉

是雄にはその方が嬉しく感じられた。


「な、なんだ、これは」

その真夜中、道隆と温史の寝る部屋に夜叉丸が現れ、無言で差し出した紙に目を通した道隆は仰天の声を発した。

異国の呪文と耳にしてそれなりの覚悟はつけていたものの、これほどとは思ってもいなかったのだ。温史も続いて紙に目を通し、何度となく吐息を繰り返した。無意味としか思えぬ仮名文字の連なりなので憶える手掛かりが一つとてない。そして長過ぎる。一言一句違えずとなればなおさらだ。

「これを……すらすら唱えられるのか」

「餓鬼の頃より嫌と言うほど叩き込まれた。いずれは秦を継ぐ者にだけ伝授される秘術。が、幼い身には他の呪文とさして変わらぬ。どうせ意味など分からぬでな。親父とてなんのことやら知らぬと笑っていた」

「かも知れぬが、これは酷い。一日や二日で会得できるものじゃなさそうだ」

「これをただ読み上げたとて通じるはずだが、鬼は滅多に真っ昼間に現れる相手じゃなかろう。やはり頭に刻みつけるしか」

夜叉丸に二人は暗い目で頷いた。

「是雄にも見せたのか？」

「呆れて笑っていた」

夜叉丸は面白そうに肩を揺すらせ、

「声高らかに唱える必要もない。これは鬼に対する呪文ではなく函とのやり取り。たとえ呟きだとて間違いなく言えば函の蓋が開く。その上で敵の名を呼ぶ。すると函がその相手を中に引きずり込んで封じる」

「どんな読み方でも通じるのか？」

道隆は紙に目を戻して質した。

「だろう。おれと親父とでは息の継ぎ方が違っていた。それでも蓋は開いた」

「覚悟してかかるしかなさそうだぞ」

道隆に温史も頷きを繰り返した。

「ちょっと唱えてみせてくれ」

道隆は夜叉丸に頼んだ。

「ふひらのれすばきなさのかせていろ。りまなんすくれしばあちなまとさに」

難なく夜叉丸は唱えた。道隆は紙面の文字を必死で追った。一つも間違いない。

「一体どこの国の呪文だ？　これじゃどの辺りで区切ればいいかも分からん」

またまた道隆は頭を抱えた。今のはほんの冒頭で、無意味な文字が延々と続く。

「おれは十六文字ごとに区切って憶えた。それが幼き頃のおれの一呼吸」

なるほど、と道隆と温史も試した。

「ふひらのれすば、きなさのかせて、いろりまなんす、くれしばあちな、まとさにもなた、かくのしねにて」

文字を目で追ってのことなので夜叉丸のようには早く唱えられない。

「いかに難敵相手とは言え、これほどの秘術を我らに明かして面倒には？」

温史は感謝しつつ夜叉丸に質した。

「肝心の函なくして、なんの役にも立つまいよ。手元にあるのはただ一つ。他の函は秦の者たちが厳重に地の底に埋めてある。探し当てたところで、今度は封じられている鬼をまず解き放つ呪文が要る。それは流石に伝授はできぬ。こればかりなら問題なかろう」

そういうことかと温史も得心した。

「朝までにこれを、となると寝てはおられんな。やれやれという気分だ」

「が、これでもしおれが倒されたとしても函を使える。死ぬ気になって憶えろ」

夜叉丸は道隆に返して腰を上げた。

8

翌日の未明。

床から抜け出て是雄が庭で瞑想をしていると幻水が姿を見せた。ここには夜遅くに着いたそうだが挨拶は遠慮したと言う。

「いろいろとあったそうな」

並んだ石に腰掛けて幻水が口にした。

「この館にまで踏み込みながら半端としか思えぬ攻め。やはり函の力を恐れているとしか思えぬが、どうにも分からぬ相手」

正直に是雄は応じた。

「子細は日明より聞かされ申したが、物部と手を組むつもりであったとは解せぬ話」

「単に物部同様、内裏から追われた身ゆえ同志と見做した、とも思えるが……」

「今の時代に、でござりますか」

「さよう。今の時代に、だ」

是雄も苦笑いで応じた。物部がこの陸奥に逃れたのは何百年も昔の話だ。

「秦の一族に伝わる函の話。手前は初耳にござりましたが、術士なれば誰しもが承知のものなので？」

「いや。このおれだとて夜叉丸が用いるのをこの目で見て初めて知った。それまで噂にも耳にした覚えがない。秦流の秘密」

「となると……我らが思うておる以上に大昔の鬼ではありますまいか」

「たとえばいつ頃の鬼と見る？」

是雄は幻水の目を見詰めて質した。

「朝廷による温羅退治の一件がござりましょう。その当時物部は内裏に仕える術士を纏める立場にあり申した。であれば秦の術について精通いたしておって不思議はなかろうと存じます」

「……」

「どうも……是雄さまには下手な嘘など通じそうにありませぬ」

ぼりぼりと幻水は頭を掻いて、

「お察しの通り、今の話は日明より出たもの。日明は、もしや鬼の正体、物部に関わる者ではないかと案じております る。それで少なくとも今の物部は鬼とは無縁だと」

「むろん承知。物部に藤原の一族を仇敵と見做す理由など万に一つもない。内裏を追われた当時、藤原の蔓は一本として生えてはいなかった。恨む筋合いなど断じて」

笑って是雄はそれに頷きつつ、

「そもそも物部が鬼と化して恨む相手となれば、誰より蘇我の一族しかおるまい」

「確かに」

幻水も安堵の顔で応じた。

「なるほど……これは迂闊だったやもな」

反対に是雄は腕を組んだ。

「なにがで？」

「そこまで大昔の話とは思わず頭から追いやっていたということだ。いかにも藤原は蘇我にすれば一番の仇敵。憎んでも憎み足りぬ相手であるはず。その上蘇我は永い間物部と両輪となり内裏を支えていた仲。たとえ果てには神か仏かの選択から敵対したとは言え、私欲による争いにはあらず。ゆえにこそ陸奥に逃れた物部をそのまま捨て置いた、とも取れる。もしもあの鬼が蘇我に連なる者であるなら、物部を仲間に、と望んだとて不思議ではなかろう」

是雄は口にして歯嚙みした。

「ここに到って蘇我とは……蘇我の末裔など今はいずれも身を縮めて暮らしおる」

是雄の推察に道隆は鼻で笑った。

是雄を囲むのは術士と髑髏鬼ばかりだ。

「今とは無縁。噴怨鬼は何百年と恨みに凝り固まりながら冥土で過ごした、と」

「鬼の理不尽さはとくと承知だが、そんな大昔の怨念を晴らしてなんの得になる。それで蘇我の再興を果たそうとでも？」

「よほど藤原の者に手酷い仕打ちをされたのかも知れぬ。ま、おれの睨みが当たっているとは限らぬが、念のため幻水には胆沢の館に戻り、古記録を当たってくれるよう頼んだ。物部はかつて蘇我と近しい間柄。なんらかの手掛かりが残されていることも。内裏によって編まれた記録は大概改竄（かいざん）されている」

「もしや蘇我入鹿（いるか）の一件か？」

さすがに道隆の勘は鋭い。

是雄は小さく頷いて、

「内裏に於いて当時並ぶ者なき高位を授けられながら、皇極（こうぎょく）女帝を誑（たぶら）かす悪臣と見做され、中臣鎌足らによって惨殺の憂き目に遭った。その煽りで入鹿の父親である蘇我蝦夷も攻め滅ぼされ、蘇我氏は壊滅した。最大の功労者鎌足には新たに藤原の姓が与えられ、そこから内裏の中に今に連なる藤原の蔓がはびこるようになった」

「無論承知だが、悪いのは当の入鹿。藤原を憎むのは逆恨みに等しかろう」

「鬼に正邪の分別などありはせぬ」

いかにも、と道隆は苦笑いで認めた。

「加えて、内裏に残されし古記録がどこまで正しく伝えおるものであるか。その裏には常に藤原の目が光っていた。おのれら一族に都合の悪きことは断じて残すまい」

確かに、と皆も首を縦に動かした。

「そもそも入鹿をはじめ、父親の蝦夷という名とてなにやら怪しげ。あるいは貶(おとし)めるため卑しき名にしたとも考えられなくはない。真実を歪(ゆが)められ、名すら変えられたとなれば、その怒りはさぞかし凄まじきものとなろうな。鬼と化しても不思議にあらず」

皆は唸った。

「今にして思えば、おれが淡麻呂の頭の中に潜り込み、あの鬼と対面せしとき、あやつは名を問うおれに奇妙な返答をした」

とは、と道隆は膝を進めた。

「名乗ったところで誰一人知るまい、と。藤原の者どもに卑しき名に変えられた、とも。いかにも。確かにそう口にした」

是雄ははっきりと思い出した。

「どうやらその睨みに間違いなさそうだ」

道隆に皆も頷きを繰り返した。

「が、本名でなくては術が効かん。蘇我入鹿と呼んだとて函には閉じ込められぬ」

夜叉丸に皆はあんぐりと口を開けた。

「そんな馬鹿な話があってたまるか！」

髑髏鬼が喚き散らした。

「それが術というもの。通り名や白髪の親父では通用せぬ。真の名でなくてはな」

夜叉丸の返答に皆は吐息した。

「これで幻水が本当の名を突き止めてくれれば勝機も十分にあろうが、今のままでは厄介。その時はおれ一人この地に残る」

是雄に皆は目を剝いた。

「よほどの術なくして勝てる相手ではない。丹内山の大岩の前に皆が打ち揃ったことで淡麻呂の夢も成就した。もはや夢に縛られることもない。無駄死にする必要など」

「それは是雄にとて言えように」

首を横に振りながら道隆が詰め寄った。

「いや。おれには神より授かった剣がある。それで戦うにはそなたらが邪魔」

「役立たずと申すのか！」

道隆は声を荒立てた。皆も詰め寄る。

「鬼とて馬鹿ではない。剣を持つおれを後回しにしてそなたらを目前の敵とする。それを無駄死にと言うのだ。皆がおらねば鬼もおれとやり合うしかなくなろうに」

それに……皆は押し黙った。

理屈ではまさに是雄の言う通りだ。

「そうせい。それぞれが四方に散れば敵も諦める。是雄の心配もなくなる。見届け役は儂一人で充分じゃ」

「うぬが一体なんの役に立つ」

道隆は髑髏鬼を睨み付けた。

「少なくともそっちと違って死ぬ心配はない。いや、死ねるなら本望。思いばかりで女一人抱けぬ辛さが道隆には分かるまい。いかにも、その方がすっきりとするやもな」

かかか、と髑髏鬼は笑い飛ばした。

まったく、と道隆は舌を打ち鳴らした。

「そもそも儂ぁ是雄が術士になり立ての頃からの古ーい付き合い。うぬらとは年季が違うぞな。大船に乗ったつもりで任せろ」

皆は顔を見合わせて諦めの顔をした。

「と言うて、都になぞ引き返す気はない」

夜叉丸は是雄と向き合って、

「本当の名を突き止めればおれの出番。たやすく函に封じ込められる。しばらくは近隣に身を潜め、様子を見極める」

「おれは淡麻呂と芙蓉の守りに回る。広い陸奥のこと。隠れ場所に難儀はせぬ」

「なら胆沢の城に入れ。春風さまに頼めばその手配を必ずしてくれよう」

道隆に是雄は言った。

「手前ばかりはなにとぞお側に」

温史が半分泣き顔で両手を揃えた。

「仕方あるまい。おれのただ一人の弟子」

是雄はありがたく受け止めて許した。

「今よりおれは丹内山の社に移る。それで鬼の目もおれ一人に注がれる。道隆と夜叉丸は胆沢の物部の館を訪ね、幻水の手助けに回ってくれ。時は一刻を争うぞ」

任せろ、と二人は請け合った。

「鬼の正体、蘇我入鹿と見做したはただの勘に過ぎぬが、あるいは丹内山の大岩の下にお眠りなされている神の導きやも」

いかにも、と皆も同意した。

「入鹿なれば伴大納言ほどの者を配下としたとて不思議なし。すべてに符合する」

それにも皆は首を縦に動かした。


「我ら皆がここを引き払えば鬼とて余計な手出しをしてくるとは思えませぬが、念のため日明どのも胆沢に移られた方がよろしかろうと。手前も安心でき申す」

「鬼の正体……まさか蘇我入鹿の名が出てくるとは思いもよらなんだこと」

「正(まさ)しく。手前にしても驚き」

「しかし、入鹿なればいかにも物部を頼りとして不思議はなし。むしろ当たり前」

とは、と是雄は日明を見やった。

「入鹿の母は我ら物部の歴とした一族。それほどに物部と蘇我の縁は強かった」

是雄は軽い目眩に襲われた。

未来に繋ぐ糸

1

是雄は日の暮れぬうちに丹内山の社に籠もった。それに帯同させたのは夜叉丸と温史の二人である。当初夜叉丸は是雄と別行動の決めであったが、嘖怨鬼の正体が蘇我入鹿にほぼ定まったと思われる今は鬼封じの函を扱える夜叉丸の存在が一番の頼りとなる。

「髑髏鬼が吉報を携えてくればいいが」

念には念を入れ温史と二人で社を囲む結界を張り終えた夜叉丸が心配の顔で是雄に言った。胆沢の物部の倉には内裏にもない古文書が多く残されている。函に封じるには入鹿の本名がどうしても欠かせない。通り名などでは閉じ込めることができない。それで髑髏鬼を日明に同行させたのだ。髑髏鬼なら空を飛んで馬より速くここに戻ってこられる。

「入鹿がまこと物部の血を引く者であれば必ずや物部の古き系図に本名が遺されていよう。日明どのが請け合った」

「案じられるのはこの暗さ。道とて見えなくなろう。ましてやここは深い山中」

夜叉丸に温史も吐息した。

「人が良いのは承知だが、あやつとて鬼。となると張った結界がどう働くか。下手をすればそれに弾き返される恐れとて」

「なるほど。それは忘れていた」

是雄は思わず噴き出した。

「ま、髑髏鬼であれば外で大騒ぎいたしましょう。さほどの心配は」

温史に是雄も苦笑いで頷(うなず)いた。

「しかし……来るかな」

夜叉丸は腕を組んで眉をひそめると、

「是雄に神からの剣が授けられたのを承知。艮(うしとら)の金神(こんじん)の解き放ちにしても、もはや無理と察していよう。無駄な争いとなる」

「倒さぬ限りいずれは争わねばならぬ相手と心得ていよう。我らとて何もなければ都に立ち返る。後か先かのことに過ぎまい。おなじであるなら手薄な今こそ好機。都なれば陰陽寮(おんみょうりょう)に仕える皆の手助けもある」

「言うては悪いが、数があるというだけの陰陽寮に過ぎまい。是雄一人の力で支えているようなものだ」

夜叉丸は鼻で笑った。

温史も心配顔でそれに同意した。

「どれほど強固な城であろうと守る兵の数が少なければ何日と保たぬ理屈。噴怨鬼とてその程度は弁(わきま)えていように。都では余計な手間暇がかかる」

確かにな、と夜叉丸は認めた。

そこに、大きな地揺れが社を襲った。

尻が跳ね上がるほどの強さである。柱や天井が今にも壊されそうな激しさだ。囲炉裏(いろり)の灰が皆の頭より高く噴き上がる。

「やはり参った!」

是雄は素早く印を結んで呪文を唱えた。少しでも通じるならただの揺れではない。

「まさか鬼の仕業ではあるまい!」

夜叉丸は盛んに首を横に振った。地揺れはますます勢いを増している。立つことすらままならない勢いなのである。これが術であるとしたら途方もなき力だ。

「かほどの強さであればあの大岩とて断じてただでは済まぬ。が、崩れる音はせぬ」

是雄に夜叉丸も認めた。その通りだ。

社だけが右に左にぐらぐら揺れている。

「張った結界の外に誘い出す腹だ」

確信して是雄は新たな呪文を重ねた。

「天切る、地切る、八方切る、天に八違い、地に十の文字、秘音一も十々、二も十々、三も十々、四も十々、五も十々、六も十々、吹っ切って放つ、さんびらり」

滅多に試したことのない山岳神道系の呪文だが、天変地異の激しい山中でしばしば用いられる魔除けとして伝わっている。

それか、と頷いて夜叉丸も合唱した。

「天切る、地切る、八方切る、天に八違い、地に十の文字、秘音一も十々、二も十々、三も十々、四も十々、五も十々、六も十々、吹っ切って放つ、さんびらり」

二人は高らかにそれを繰り返した。

「止みました！　止んでございます」

温史が歓声を発して是雄の肩を揺すった。是雄も額の汗を拭(ぬぐ)いつつ笑いを見せた。これで敵の術による幻覚と定まった。

「初めて耳にする呪文でありました」

温史は肩で息をしながら首を傾げた。

「都の中では使いみちのないものよ」

夜叉丸は得意顔をして、

「深い山中修行で会得(えとく)する術。大吹雪や岩崩れから身を守るとされている。まさかこれがかほどに効くとは……さすがに是雄。呪文選びも術士の器量とはこのことだ」

「呑気(のんき)な話をしている暇はない。敵は間近に潜んでおる。我らが飛び出るのを必ず待ち構えていよう」

「この結界を破れぬため仕掛けてきたのであろう。存外な相手ではないか」

夜叉丸はにやりと笑った。

「おれには今ほどの地揺れを生み出す力はない。侮って誘いに乗れば危うい。函だとて今はなんの役にも立つまいに」

「なれば、授かった剣はなんのためだ」

「霊体となったおれを赤子の如くあしらった相手。ここで侮れば二の舞となる。今の揺れが止んだのも果たして我らの唱えし呪文の力かどうかも知れぬ。あるいは結界の外に誘い出す罠とも考えられよう」

うーむ、と夜叉丸は腕を組んだ。

「ここは我慢して髑髏鬼の戻りを待つのが大事。本当の名が知れれば勝ち目は我らに転がる。迂闊に揺さぶりに乗ってはこれまでの策がすべて無駄となってしまおう」

「なれど結界すら破れぬ敵だぞ」

知れた者と夜叉丸は見下した。

「結界は術にあらず。神が定めし境界線。そこに入り込めたとして、通り抜けることは無理。せいぜい幻を見せる程度のもの。たった今の地揺れのようにな」

是雄に夜叉丸は吐息した。

「焦り始めておるのはあやつの方」

「しかしそれでは髑髏鬼が危うくなりませんでしょうか」

温史は案じた。夜叉丸も同意した。あの鬼が相手では髑髏鬼など赤子に等しい。

「むしろ逆。髑髏鬼をここに招き入れるには結界を開けてやらねばなるまい。それに乗じて踏み込む気となっているやも」

確かに、と二人も大きく頷いた。

「どこまで鬼が承知か、ということになる。髑髏鬼が鬼の本名を伝える役目で戻ったと知れば容赦なくその口を封じよう。が、知らぬときは結界解きの役に用いると見た」

「髑髏鬼には悪いが、是雄の郎党程度にしか見ておるまい。そんな大事を託したなどと思うはずがない。ただの連絡役」

夜叉丸に是雄は静かに目を瞑(つむ)った。

2

儂(わし)じゃ、儂じゃと髑髏鬼の声が響き渡ったのは夜明けに間近い頃合いだった。

温史は勇んで腰を上げた。

待て、と是雄は首を横に振って、

「まずは約束の呪文を唱えよ」

戸口に立つと毅然として命じた。

「呪文じゃと！　聞いておらんわい」

「なればそなたの本当の名を名乗れ」

「ははぁ、偽者と疑っておるのじゃな」

髑髏鬼も得心の声となった。

「おれしか知らぬ名。偽れまい」

「教えたことは一度もないぞ」

それに是雄はくすくす笑って、

「開けてやれ。間違いなく髑髏鬼」

温史に戸口の結界を解くよう促した。

張り切って温史は一枚の護符を剝ぎ取った。わずかに開けた隙間から髑髏鬼が飛び込んできた。

温史は再び札で戸を封じる。

「なんぞ難儀な目に遭ったのか」

髑髏鬼は皆の周りを飛びながら叫んだ。

「本名、確かに訊ねた覚えはないな」

是雄はくすくすと笑った。

「つまらん名よ。ましてや夜叉丸の前では断じて口にしたくはないの。あの函に封じ込められてはたまらぬ」

「そなたでは函が勿体ない。自惚れるな」

即座に返した夜叉丸に髑髏鬼は、

「とくた、じゃ、徳多しと書く」

わはは、と皆は声にして笑った。

「じゃから言いたくなかったのよ」

髑髏鬼はむくれた口調で、

「この名のせいでどれだけ散々な目に遭わされてきたことか。名に負けず人の役に立てと囃(はや)され、嫌な役目はいつもこっちに回された。盗人になったのも名付けた親への腹いせ。今でもその恨みは忘れておらぬ」

「今のそなたは正に徳多だな」

是雄は真面目な顔で、

「いつだとて笑いで皆に力を与える。二親もさぞかしあの世で喜んでいよう」

「儂ぁこの通り鬼の仲間じゃぞ」

「鬼、すなわち悪とは限らぬ。この世で成し遂げられなかった善事への心残りから鬼となる者とて多く居る。その見極めも術士にとって大事。祟(たた)り神を恐れるのは、この世にあって自らの悪事に脅(おび)える者たち。どちらが悪であるかは一目瞭然」

おお、と髑髏鬼は喜んだ。

夜叉丸と温史もそれに頷いた。

「それで、肝心の名は分かったか？」

是雄は髑髏鬼に質(ただ)した。

「それじゃ。幻水と道隆とで物部の古い書き付けを探し回ったが、これぞ、という名を決めかねておる。やはり是雄が一緒でのうてはいかぬということに。おっつけここに」

「決めかねておるとは？」

「五つも六つもある。まさか全部を並べ立てるわけにもいかんのじゃろう？」

当たり前だ、と夜叉丸は即答した。

「その中の一つが当たっていてもか」

「一つごとに呪文を唱え直さねばならぬ。その間に逃げるか攻めてくる」

「やはりの。道隆も案じておった」

「面倒になりそうだな」

是雄は唸って腕を組むと、

「幼名を持つ者は珍しきことではないが、その数は尋常と思えぬ」

「幻水もおなじように。たやすく片が付くものと思うていたに、とんだ難題」

「道隆までこちらに来るとしたら、芙蓉どのや淡麻呂の守りはどうなる！」

温史は慌てた。術士が居なくなる。

「物部の館に移らせた。そっちには巫女らが大勢集まっておる。安心とは思うが」

「だろうな。今更女子供を人質とするような姑息な相手ではない」

是雄も首を縦に動かした。

が……是雄の身に瞬間寒気が走った。

是雄はその目を髑髏鬼に向けた。

寒気はさらに強まった。

「な、なんじゃ、怖い目をしおって」

髑髏鬼も察して騒ぎ立てた。

「大きな虫だ。どこで取り付いた？」

「虫じゃと？　なんの話ぞな」

「そなたの頭の中に張り付いておる」

「し、知らんわい。なんともないぞ」

髑髏鬼は激しく頭を振った。その震動で頭蓋骨の中からぽとりと大きな虫が落ちた。それはのたのたと板間を逃げ回った。

「途中何処かで休んだか？」

「せぬ。真っ直ぐここへ飛んで来た」

髑髏鬼は盛んに喚き散らした。

「噛み切り虫だ」

是雄は虫を睨み付けて舌打ちすると、

「噴怨鬼の仕業。自分の耳となし、手足として用いようとしたのだろう」

躊躇なく囲炉裏の火箸で叩き潰した。

「耳は分かるが、手足とは？」

夜叉丸は首を傾げた。

「この虫なれば護符を楽に食い千切る」

あ、と皆は声を上げた。

「姑息な手段と言うより賢い攻め。ましてや髑髏鬼に気取られずにやるとは……」

吐息して是雄は腕を組んだ。気付かずにいれば結界が破られていたに違いない。

「そないに大層な術か？」

髑髏鬼は不審の声で、

「たかだか虫一匹のことじゃろうに」

「その一匹が命取り。我らがこうして無事でいるのもすべて結界のお陰。そもそもそっちとて頭の中に虫を張り付けられたのを知らずにいたではないか。間抜けめ」

夜叉丸は髑髏鬼を怒鳴りつけた。

「すると今までの話もすっかり」

「聞かれていたに違いない」

温史に是雄は暗い顔で応じた。

「なれば幻水どのらが危うい目に！」

温史は慌てた。噴怨鬼を函に封じるための名を伝えに来る二人である。断じて捨て置くわけがない。

「外に出てやり合うしかなくなったな」

是雄は温史に頷いて腰を上げた。

「まずはおれ一人で参る」

是雄は勇み立った皆を制した。

なにを言う、と夜叉丸は喚いた。

「そなたの持つ函は頼みの綱。温史では歯も立つまい。情けで言うのではない。おれなら霊体となって飛んで行ける。剣もある。滅多には負けぬはず。そなたらは護符を貼り戻し、おれの体を守って貰いたい」

そういうことか、と二人は得心した。

「儂は断じて聞かんぞ。こうなったは儂のせい。第一、やつの今の狙いは道隆と幻水。道案内が入り用であろう。任せろ」

髑髏鬼はぶんぶんと飛び回った。

仕方なく是雄は許した。

3

「どんどんと速くなるの」

中空に停止して待っていた髑髏鬼は、たちまち姿を現した是雄に唸りを発した。

「慣れもあるが、こうして待っていてくれれば探しやすい。見つければ直ぐ」

「最初から分かっておれば楽であったに」

「二、三度抜け出たくらいではこっちも加減が分からぬ。良き鍛錬となった」

「ひょっとして相手の気さえ捕らえればここから都までも瞬時にして行けるのか」

「であろう。飛ぶのとは異なる」

「なんとも羨ましい。こっちは馬の脚よりちょいと速いだけ。さらに死なぬ体とは」

「こっちはそうでも、十日も捨て置けば社に残してきたおれの体が死ぬ」

「そうなりゃどうなる？」

「幽霊となってこの世をさまようだけの身となろうな。まさか別の者の体に潜（もぐ）り込むわけにはいくまい」

「是雄であるなら皆も喜んで迎えてくれように。時々は淡麻呂の体に入ればいい。しゃきっとした言葉に皆も喝采する」

「無駄話より二人を探すのが先」

「もう間近であろう。あっちも馬」

髑髏鬼は請け合って空を駈けた。


突然目の前に出現した是雄と髑髏鬼に道隆たちは慌てて馬の轡（くつわ）を引いた。

「どうした！　なにが起きた」

道隆は空に向かって叫んだ。

「そなたらが入鹿に関する記録を持って丹内山を目指していることが敵に知れた」

是雄に道隆と幻水は仰天の顔となった。

「すまん。儂のしくじりじゃ。気付かぬうち頭の中に虫を潜り込まされた。それでこっちの動きが筒抜けに。が、無事で幸い。間違いなくあやつらは襲って来よう」

「知られたのはいつのことだ！」

道隆は髑髏鬼を睨み付けて質した。

「つい先ほどだが、間に合(お)うたのが幸い」

代わりに是雄が応じた。

「なればここで待ち受けよう。見た通りなにもない草原。民らの迷惑とはならぬ」

道隆は馬から飛び下りた。幻水も続く。

「しかし……うぬも鬼のくせしてだらしない。むざむざと敵の罠に嵌(は)まるなど」

「風を切って飛んでいる最中じゃぞ。虫など何匹も口に飛び込んで来るわい」

まあよかろう、と是雄は髑髏鬼と道隆を制した。ここで言い合っても仕方ない。間に合ったのを幸いとするしかない。

「本当の名を絞り込めぬとか」

是雄は幻水に質した。幻水は渋い顔で、

「太郎、林太郎、君太郎、聡耳皇子(さとみみのみこ)がなんとか絞り込んだ名。三つも太郎と付く名があることを思えば、その中のいずれかと睨んでおり申すが、太郎はすなわち長子を単に意味するものやも知れず、今一つ決めかねていた次第。また聡耳皇子とはご承知の如く聖徳太子の通称。それで早くに外したものの、系図を辿れば聖徳太子とて歴とした蘇我の血筋。となればおなじ係累である太子の通称を誉れとし、そのまま名としても決して不思議とは言われますまい。入鹿はそれこそ聖徳太子に劣らぬ賢き子であったと記す書物も見つけてござる。それで難儀を」

うーむ、と是雄は唸った。

「ここで始末できりゃ問題ないが、あの鬼が相手では厄介じゃの。やはり夜叉丸の持つ函が頼りとなろうが、敵もそこは心得ておろう。迂闊な誘いには乗るまい」

髑髏鬼に是雄も吐息で頷くと、

「いずれにしろ間に合うたのが幸い。ここ一帯に火を放ち、それに乗じて二人は夜叉丸たちのいる社に逃れろ。敵の目は派手に立ち上がる煙に向けられる」

「たった二人で鬼とやり合うだと！」

道隆は激しく首を横に振った。

「おれと髑髏鬼は生身の体にあらず。炎に包まれたとて死にはしない。そなたらでは煙に巻かれただけで危うくなる」

道隆は舌打ちした。

「ぐずぐずするな。じきに現れる」

分かった、と道隆は火打ち石を手にした。手近の草を束にして火をつける。枯れ草とは違う。手こずったものの、やがて火勢が強まった。馬が脅えて暴れた。

「急いで脱けろ。火に囲まれるぞ」

是雄は去りがたそうな二人を急(せ)かした。

「死ぬなよ。死なぬと誓え」

道隆は涙目で是雄に迫った。

「勝算のない喧嘩に挑むほど若くはない。危ないようなら逃げるだけ」

是雄はくすくす笑って応じた。それで道隆たちも安堵の顔に戻して馬に乗る。

「先ほどの名。林太郎か聡耳のうちのどちらかだな。ことに林太郎」

是雄に幻水も笑顔で大きく頷いた。内心では同様にそう睨んでいたらしい。

「火の外に出て遠巻きにしていろ。鬼の到来を見届けてから社を目指せ」

承知、と道隆は馬を走らせた。


「結局は是雄と儂だけになったか」

ゆっくりと広がる炎の草原を見下ろしながら髑髏鬼はしみじみ呟(つぶや)いた。

「しくじれば今度こそ儂ぁ塵(ちり)や芥(あくた)のようになって散り散りとなるんじゃろうの」

「なまじその髑髏のせいで生死が曖昧(あいまい)となっているだけ。魂はそのまま残る」

「姿が見えなくなるに過ぎぬのか！」

髑髏鬼は声を弾ませた。

「その気になれば元の姿にもなれるはず。ただし好きな酒には浸れなくなるがな」

「そりゃきつい。ただ一つの楽しみぞ」

「おぬしと居ればこの世がひどく安っぽいものに思えてくるな」

是雄は声にして笑った。今の情況を思えば笑っている場合ではない。

「来た！　あれに違いない」

髑髏鬼が空を見上げて騒ぎ立てた。白々と明けつつある空に渦巻く黒雲が出現したのである。雲の中には稲妻も走っている。

「途方もない大きさじゃの。いきなりあれとは、なんだか心細うなってきた」

珍しく髑髏鬼は脅えた声となった。

「弓削是雄。どこまでも懲(こ)りぬ者よの」

耳の中に鼓膜が破れるほどの大きな声が響き渡った。と言っても霊体である是雄にすれば破れる鼓膜もない。単なるこけ脅しとしか感じない。是雄は笑って宙に浮いた。慌てて髑髏鬼も追って来る。

「なにも知らず吾を敵と見做していようが、吾を卑しき鬼の身に貶(おとし)めたのは藤原の者どもぞ。謀(はか)られし者はうぬの方」

噴怨鬼が雲の中から姿を現した。

「藤原のために鬼と戦っているのではない。罪もなき民たちを守らんとしてだ」

激しい炎に囲まれた巨大な首を睨み付け是雄は叫んだ。その傍らには配下の伴大納言もにやついた顔で並んでいる。

「この痴れ者め。うぬごとき敵にあらず。逆らわず退散いたせば見過ごしてやろうと思うていたに、情けも無駄となったの」

噴怨鬼は哄笑した。

「鬼などいつも口先ばかり。それはこちらの申すこと。この体にまやかしの術など通じぬ。これまでのおれと侮るでない」

ひるまず応じた是雄に噴怨鬼は怒りの形相で頬を膨らませ激しい炎を噴きかけた。

是雄は素早く右腕を上下に振った。たちまち袖から剣が飛び出て守りの盾となる。

炎は分断されて是雄の後ろに流れた。

おおっ、と髑髏鬼は歓声を発した。

伴大納言は仰天の顔となった。

「神より賜りし剣。鬼ごとき敵にあらず」

口にしつつ剣の威力に是雄自身が驚いていた。噴怨鬼にも驚愕が見てとれる。これまでの是雄であれば炎の勢いにあっさり吹き飛ばされていたに違いない。

「なぜに物部の奉じる神が吾を敵とする！　吾には物部の血も流れておるのじゃぞ」

噴怨鬼は天を見上げて喚いた。

「その神の名を汚しているのはそなたであろうに。自らが蒔いた種」

是雄はここぞとばかりに踏み込んだ。

「許さぬ。もはや手加減などせぬ」

と同時に稲妻が是雄を襲った。

が、霊体となっている身には通じない。稲妻は是雄をただ通過して地を砕いた。

怯（ひる）まず眼前に剣を突き立てた是雄に噴怨鬼は目を剝いた。剣が額を割る。

噴怨鬼は悲鳴を発した。

痛みではなく驚きであろう。

「吾のなにが悪い！　神なればとくと承知のはず。謀って鬼の身に貶めたのは中臣鎌足。吾の怒りもとくと承知であろうに」

噴怨鬼は天に喚き散らした。

伴大納言はすでに逃げ腰となっている。

隙を見て取って是雄はさらに踏み込んだ。噴怨鬼は察して後退した。が、その目には怒りが渦巻いていた。是雄に対してのものではない。神へのそれであろう。

「民など雑草に過ぎぬと申したな！」

是雄は声を張り上げた。

「何万と死んだとてまた生える、と」

「……………」

「それで神は貴様を見限ったのだ！　雑草とはおのれの得しか考えぬ公家の者ども。平和な民らの暮らす花園をうぬらが汚す。所詮貴様とてその仲間に過ぎぬ。卑しき鬼と化したは自らが招いた罪と知れ」

噴怨鬼は目を剝いた。

「神の慈悲は民にこそ向けられる」

うーむ、と噴怨鬼は口を結んだ。

「恨みを晴らす気なら地獄を探し回れ。中臣鎌足とて必ずそこに送られていよう」

噴怨鬼は怒りの形相となって炎を四方に噴射した。

そして——

中空から一瞬にして消え去った。伴大納言も慌てて姿をくらました。

ふーう、と髑髏鬼は息を洩らして、

「あれを追いやるなど……信じられん」

「おれもだ」

くすくすと是雄も笑って、

「どうやれば授かった剣を取り出せばいいか、迷い半分の攻め」

「是雄の睨み通り物部との関わりも口にしおった。正体は蘇我入鹿で決まりぞ」

「直(す)ぐにでも丹内山に戻らねば温史らが危ない。やつは函を恐れているはず」

と言いつつ是雄は印を結び呪文を唱えた。雨を呼んで草原の火を消すためだ。

「やれやれ、忙(せわ)しないの。是雄の方は一瞬じゃろうが、こっちは飛ばにゃならん」

たちまち降り出した雨の中で髑髏鬼は喚き散らした。

「ゆっくりと参れ。そなたを襲っている暇など向こうにはないはず」

笑いを残して是雄は消えた。

4

「戻られましたか！」

温史に揺らされて是雄は目を開けた。

「よくぞ御無事で。案じておりました」

それに頷きながら是雄は半身を起こした。体の重みをあらためて感じる。

「わずかだが噴怨鬼とやり合った。あの者の正体、蘇我入鹿に間違いなし。道隆と幻水もおっつけここに参ろう。今のやつにとって一番の難題はあの函。全山に火を放つこととて有り得る。結界はもはや無用。むしろ我らの動きが封じられてしまう」

「やり合っただと！」

夜叉丸は目を丸くした。

「こうして無事に戻れたは、向こうの侮りのお陰。不意を衝かれていればどうなっていたか。あっさり手を引いたのは函が狙いと睨んだ。髑髏鬼もじきに着くはず」

是雄に二人は何度も首を縦に動かした。

「それなれば勝ったのと違うか？」

子細を聞かされて夜叉丸は言った。

「神に見放されたと気付いて動転しただけ。おれとの勝負は片が付いておらぬ。函を壊すのが先と見たのであろう。あやつはもはや大岩の下に眠る神への崇敬もない。であれば山を燃やすになんの躊躇（ちゅうちょ）も持つまいに」

「崇敬とはなんだ？」

夜叉丸は眉間に皺を寄せた。

「物部の祀（まつ）る神ゆえ、最後には自分に味方してくれると思い込んでいた様子。それで物部の館では手加減したのであろう」

「鬼のくせして神への信心か」

夜叉丸は呆れた。温史も同様である。

「真偽のほどは知らぬが、自分はただ中臣鎌足らの罠に嵌められた身と言い張った。それで神も必ず報復の手助けをしてくれると思い込んでいた様子。なのに神はおれに退治のための剣を授けて下された。それに対する動転がはっきり見られた。その剣を目にした途端にあやつの戦意が弱まった」

「なにがなにやら、とはこのこと」

夜叉丸は腕を組んで首を傾げつつ、

「神を当てにする鬼など……」

聞いたことがない、と続けた。

「それこそ神が入鹿に与えた試練なのかもな。国策とは言え蘇我の一族は神を捨て仏への信仰を選んだ。そういう者を神とてたやすく受け入れてはくれまい」

いかにも、と二人は是雄に同意した。


昼前には皆が社に顔を揃えた。それぞれには余裕の笑みすら浮かんでいる。嘖怨鬼が是雄の授かった剣に恐れをなした、と髑髏鬼から聞かされては当然であろう。

「驚いただけのこと。油断は禁物」

是雄は皆の気持ちを引き締めた。

「額を割ったと申されましたな」

幻水に是雄は頷いた。

「入鹿への鎌足の真っ先の攻めは額。その上で首を落とされてござる」

「なるほど。そういうことか」

たまたまでしかなかったが当の入鹿にすれば仰天したに違いない。また、嘖怨鬼が首ばかりという奇妙さにも得心がいく。

「謀られたのは自分の方で、悪いのは中臣鎌足じゃとも騒いでおった」

髑髏鬼に幻水は苦笑いしつつ同意して、

「果たしたことが善であったと口にできるのは常に勝った側ばかり。そして後世にはその勝者の言葉だけが残される。ましてや天皇の目の前での惨殺。断じておのれの非を認めるわけにはいくまいに。それで入鹿は国一番の悪者に貶められた。それが真実に違いない」

　あっさりと口にした。

「となると……聖徳太子のお子であらせられた山背大兄王(やましろのおおえのおう)の館を入鹿が急襲し、ご一族共々自害に追いやったという話もなにやら怪しくなって参るな」

是雄は吐息して腕を組んだ。ゆえにこそ入鹿は天下の大罪人と見做(みな)されている。

「あるいは」

　と幻水も首を何度も縦に動かして、

「そもそも入鹿の父、蘇我蝦夷はおのれの血脈である山背大兄王を次の天皇にと望んでいたように思われまする。なのになぜか一族の合議ではそれが退けられ申した。後の結果によって合議の乱れの元は入鹿の画策と見る者が多ござれど、それも奇妙な話。入鹿が一番に台頭を恐れていたのは中大兄皇子のはず。それではまるで自ら一族の結束を弱め、中大兄皇子の先行きを安泰とするようなもの。当時、稀代の知恵者と見做されていた入鹿にござりますぞ。それを断じて見通せぬわけが。蝦夷と入鹿親子の間に特別な諍(いさか)いがあったとの記録も一切見当たり申さぬ」

　つまり、と是雄は幻水を見やった。

「山背大兄王と御係累を殺(あや)めたのは入鹿でなく中臣鎌足の陰謀であったやも」

　その即答に是雄は思わず唸りを発した。

「入鹿が大極殿(だいごくでん)にて暗殺されしとき、決行の号令役を務めたのは蘇我石川麻呂(いしかわまろ)。それをもってしても鎌足が相当に早くから蘇我一族の分裂を目論(もくろ)んでいたのは明らか」

「それを記す書が物部の倉にでも？」

　まさか、と幻水は首を横に振り、

「ご承知のごとく我が朝の国史のほぼ全てに藤原の厳しき目が行き届いており申す。なれば、とその裏の読み解きに頭を働かせただけの話。特に始祖である鎌足は謎多き人物。神職に関わる家柄にして、本来であるなら内裏の政(まつりごと)とは全く無縁の身。それがたまたま中大兄皇子と組んだことで大臣の位までに。運の良さだけでは済まされますまい。途方もなき知恵者であったのは疑いなきこと。若い折には時期こそ違えど同じ師に学んだとか。そのとき師は鎌足の才を高く賞賛しつつも、入鹿の頭の働きの方が上、と断じたそうな。あるいはその頃から入鹿に対する妬(ねた)み心が芽ばえたとも想像できましょう」

「そういう関わりであったか」

　是雄は唸った。と同時にわずかのうちにそこまで調べ上げ、見極めた幻水への驚きもあった。春風が幻水を内裏に迎えたい才人と口にしたのも当然の話である。

「今の話、まことであるなら鎌足の方こそ鬼の頭目じゃ。なんだか入鹿が哀れにすら思えてきたぞな」

　髑髏鬼に皆はうーむと腕を組んだ。

「そもそも合議で退けた山背のなんとかという者を、一族ともども打ち殺す必要など入鹿にはあるまいに。次の天皇を決めるほどの力を蘇我の一族が持っているなら都から遠ざければいいだけの話。これは幻水の睨みが当たりと見た。鎌足こそ許しがたき大悪党」

「と言って、我らは鎌足を敵として争っているわけではない」

是雄は髑髏鬼を目で制した。

「恨みは分かる、と申して和議を持ちかける手もあろうに。それで皆も怪我はない」

「我らはそれで済んだとて、なんの関わりのない都の民らはどうなる？」

「それもせぬよう得心させりゃよかろう。もはや艮の金神の解き放ちもむずかしいと見ていよう。なれば双方に無駄な争い」

「その理屈が通らぬのが鬼と申すもの。情けとて通じぬ相手。そなたのような鬼ばかりなら我ら術士の役目も無用となる」

「やってみなきゃ分からん。是雄ゆえ言うたんじゃ。そなたは並の者と違う」

「これはまた……持ち上げられたもの」

是雄に皆は声にして笑った。

「是雄は儂を生涯の友と言うてくれた」

髑髏鬼は皆に声を張り上げた。

「死ぬほどに嬉しかったぞ。その気持ちが皆には分かるまい。儂ぁ是雄のためにならいつ死んだとて悔いはない」

その言葉に皆は胸を詰まらせた。

「是雄の仲間も儂の友。誰一人として死なせとうない。生きてるときに儂を仲間と見てくれた者はただの一人とておらんかった。邪魔者と脇に遠ざけられていただけ。是雄に会わずにいたらどんなに寂しかったことか。いや、是雄に会ったことで儂ぁそれまでの寂しさを知ったのよ。もはや死んでも悔いはない。是雄や皆がきっと悲しんでくれよう」

それに温史がどっと涙を流した。

道隆や夜叉丸とて泣きそうな顔だ。

「あやつが現れたら儂に行かせてくれ。鬼は鬼同士。話が通じるやも知れぬ」

「封じの函が側にあると承知しながら目の前に現れる者とは思えぬ。おそらくは先手を取って攻めに回ると見た」

是雄は首を横に振りつつ、

「が、もしも間近に姿を見せしときは、髑髏鬼の顔を立てて和議を持ちかけてみよう。それですべてから手を引くと申したならこちらとて文句はない」

髑髏鬼に約束してさらに続けた。

「神の前に連れて参るという手もあるな」

それに皆は仰天した。

「あの者の怒りの矛先はおれにではなく、神にこそ向けられていた。神なればことの善悪を全て承知と見ていたのだろう。なにゆえここに来て見捨てられたか知りたいはず」

「頭のどこを押せばそんな策が浮かぶ」

呆れ返った道隆に夜叉丸も同意した。

5

多くの馬のいななきや蹄の音が響き渡ったのは昼過ぎのことだった。

「春風さまにござります。芙蓉たちも一緒」

蔀戸を上げて見やった温史は喜んだ。

「こっちの様子が気になったか」

是雄は苦笑しつつ舌打ちした。気持ちは嬉しいが兵などなんの助けにもならない。

「淡麻呂がまたまた妙な夢を」

真っ先に駆け込んで来た甲子丸が皆の無事を確かめつつ口にした。

「真昼のごとく眩しい場所にて御主人様と鬼めが善悪の裁きを受けていたとか」

甲子丸に皆は仰天した。

その策の是非を論じていたのはつい一刻（二時間）前のことでしかない。淡麻呂はそれを昨夜のうちに見ていたのである。

「淡麻呂の頭の中は一体どないになっておるんじゃろうのぅ。さっきまで皆であれこれ言い合っていたのが無駄となったわ」

髑髏鬼に道隆も苦笑いで同意した。和議の策に断固反対していたのは道隆である。

「と言うことは入鹿の方も神との対面を望んでいるわけだな。面白し」

是雄はくすくすと笑った。

「危うい羽目にはならんかの。あやつは相当に神を恨んでおる。近付けたを幸いに襲いかからんとも限らんぞ」

「鬼など神の敵にはあらず」

是雄は髑髏鬼の心配を退けて、

「淡麻呂が見たと言うなら、もはや面倒な腹の探り合いなど無用。現れしときは即座に話を持ちかける。向こうも頷こう」

「そないにたやすいことじゃあるまい。名乗りを挙げて攻めてくる敵とは思えぬ。もし、ここにおる何人かがやられても是雄はそれを許して和議に持ち込む気か」

「和議の策はそなたが先に口にしたこと」

髑髏鬼に是雄はくすりと笑った。

「万が一、芙蓉や淡麻呂が殺されでもすりゃ、断じて和議など。儂が言うたのは、そうなる前に使者の役目を果たそうと」

なるほど、と是雄は大きく頷いて、

「淡麻呂が見た夢であれば、神との対面まで少なくともおればかりは死なぬ理屈。皆を中に入れてもう一度社に結界を張り巡らせろ。おれ一人が外で敵の到来を待つ」

道隆や夜叉丸に命じた。

「案ずるな。霊体となってのこと。滅多なことにはなるまい」

不安顔の皆に是雄は笑顔で請け合った。

6

「さてと……どうなるか」

是雄は丹内山の大岩の上に胡座（あぐら）を掻いて噴怨鬼の到来を待ち構えていた。と言っても霊体なので尻の感触はない。敵の目に付きやすいようにしているだけだ。

いきなり——

大岩が巨大な炎に包まれた。途轍もなく激しい勢いである。是雄は真下に見える社に目を動かした。変わった様子は微塵も見られない。是雄は安堵の頷きをした。

「貴様！　なにを企んでおる」

激しい炎の中から噴怨鬼が割って出て是雄を巨大な目で睨み付けた。伴大納言も側に従っている。睨みが的中した是雄の頬に思わず小さな笑いが浮かんだ。

「もはや物部とて我が敵。この里すべてを灰にしてやろう。見ておれ」

噴怨鬼は頬を膨らませて炎を噴き出した。めらめらと大岩の周りの樹々が燃え立つ。

是雄は腕を大きく振って剣を取り出すと、剣先を燃え盛る樹木に向けて炎を断ち切るごとく思い切り横に払った。

たちまちにして炎が鎮火した。

伴大納言は仰天の顔で尻込みした。

「これぞ須佐之男命（すさのおのみこと）が天より賜（たまわ）りし草薙剣（くさなぎのつるぎ）。もはや姑息な術など通じぬと思え」

と聞いて噴怨鬼は目を丸くした。

「この大岩の真下にお眠りいたすは封じられた悪神などにはあらず。ご自身でお望み召されて陸奥の守りとなられた須佐之男命さまにあらせられるぞ。うぬらごときが束となってもかなう相手にはあらず。それをとくと承知の上でやり合うと申すなら、もはや同情はせぬ。即刻に陰府（いんぷ）へ追い払ってやろう」

口にしながら是雄自身が驚いていた。たった今までは思ってもいなかったことである。是雄の口を借りた神の言葉であろう。

噴怨鬼に明らかな動揺が見られた。

「来（こ）よ。是雄と共に我が前に来よ」

是雄の口からまた神の声が出た。

噴怨鬼は脅えた顔をしつつ、抗（あらが）うように続けざまに激しい炎を噴き出した。が、その火はたちまちにして萎んで消滅する。

「いずれ頼りとなる者と見ていたに、かような小者に誑（たぶら）かされるとは」

是雄の険しい目は伴大納言に向けられた。

射すくめられて伴大納言は震えた。

「陰府にて千年も身を縮めているがよい」

その言葉と同時に伴大納言は空高く飛ばされた。悲鳴がどんどん小さくなり消えた。

「手前のしたことにはあらず」

是雄に憤怨鬼も無言で頷いた。

「悪いのは中臣鎌足。しかと承知」

是雄は深々と頭を下げて、

「首を切り落とされ、お体の方は野晒（のざら）しとされ腐り果てるまで捨て置かれたとか。お父上の蝦夷どのもそれを聞かされ、ご自害召された由。無念は重々にお察し申し上げる。なれど、国の栄えは第一に民の支えがあってこそのもの。責めの一端はその者たちを民草と蔑（さげす）んだご自身にもあると思（おぼ）し召され」

「愚かな者らに政ができると言うか」

噴怨鬼は睨み付けた。

「生きる喜びがなんであるか、一番に知っておるのは貧しき民らにござる。政を執る側にその思いなくして、美しく優しき国など作れるはずもなし。内裏が目指していた国とは、おのれらにとって楽な国でしかありますまい。民らはそのための道具に過ぎぬ」

噴怨鬼はぎりぎりと歯嚙みした。

もうよかろう、という声が耳に響いた。

それは噴怨鬼も同様だったらしく、恐れの目で辺りを見回した。

その瞬間——

是雄たちは眩い部屋に運ばれていた。

おおっ、と先に声を発したのは噴怨鬼だった。いや、もはや首だけの鬼ではない。凜々しい顔立ちの男が是雄と並んでいる。これが入鹿本来の姿であろう。入鹿は喜んで床を踏み鳴らした。

是雄からも思わず笑みが洩れた。

「おれの……指が動く」

入鹿は掌を是雄にかざして何度となく指を握っては開いた。入鹿は泣いていた。

是雄は幸福な思いでそれに頷いた。

「預けし剣、もはや用済みであろう」

頭の中に響く声と同時に是雄の体から大きな力が抜けていく心持ちとなった。喪失感とは異なる。むしろ開放感だった。

「いずれ我らと人との間を取り結ぶ任を果たす者と見込んでいたに、伴大納言ごときの甘言に煽られるとは愚かの極み。まだまだこの世の方に未練があったと見える」

声の矛先は次に入鹿に向けられた。

入鹿は、はあっ、とその場に平伏した。

「人の生は一陣の風に過ぎぬ。分かっていたはずではなかったか?」

「すべては手前の気の迷い。国の先々など気にも懸けずおのれの栄華だけに策を巡らす藤原の者らの所業を知るにつけ、捨てては置かれぬ気持ちと相成りましてござる」

入鹿は声の方角に両手を揃えて応じた。

「それとて大納言の讒言に過ぎまい。迷いはまだまだ自身の中にあったと知れ」

「恐れ入りましてござります」

「そなたに永遠の生を与え、陰府にてのさらなる修行を、と申したは少彦名。今はこの地を離れておるが、このだらしなき顚末を知れば、さぞかし失望いたそう」

「お、お許しを。とも知らず手前の傲慢にござりました。なにとぞ、なにとぞ」

入鹿は額を床に擦り付けた。

「地の上に降り注ぐ光や雨、そして風はすべて民のために天が与えし恵み。その民らをないがしろにする政に先行きはない。賢いそなたであれば承知と見ていたに……天界に在る者たちもさぞかし嘆いていよう。この地に在る者らは何千年、何万年学ぼうと変わらぬ愚かな生き物、とな」

「やり直してご覧にいれまする」

入鹿は泣きながら訴えた。

「許せば、なにをしたい？」

「御心のままに。叶いますればお側にお仕え申し上げ、学び直したく存じます」

涙顔で入鹿は願った。

「そなたは今の言、どう思う」

問いは是雄に向けられた。

「手前ごときが口を挟むべきことでは。ただ、言えるのは今の涙に偽りなど……」

「なればそなたに免じてこの者を身近に侍らせることとしよう」

是雄はあんぐりと口を開けた。

ありがたや、と入鹿は泣きじゃくった。

「両名とも我が許に参るがよい」

その言葉と同時に二人は運ばれた。

どこまでも果てしのない暗闇である。やがて真下に眩しい輝きが見えた。

と思った瞬間、二人はその輝きの中にあった。目の前に卵の殻に似たものが据えられている。

是雄は察して両手を揃えた。

その扉が静かにゆっくりと開いた。

額を僅かに上げて是雄は見やった。

さらなる光の強さに是雄の目が眩んだ。

次第に是雄の目が慣れていく。

思わず是雄は声を発しそうになった。

中から現れたのは淡麻呂に似た背丈の小さな神であった。体は腕から足首までぴたりとした金色の着衣に包まれている。

「吾がこうして直に対面いたすは百年に精々一人やそこらのもの。が、そなたには淡麻呂を守り育ててくれた恩義がある。さらには入鹿を迷路より導いてもくれた。その礼もせず帰すわけにはいくまい」

是雄は身を縮めた。

「吾は一人にあって一人にあらず」

「……？」

「地の到るところの、様々な者の心の中に宿り、世の移り変わりを見守っておる。少彦名も同様。が、余計な導きはいたさぬ。この地はそなたらのものであり、そなたら自身で築き上げてゆくもの。そしてようやくそなたらはここまで豊かな地を作り上げた」

「やはり天より舞い降りてこられたのでござりまするか？」

「人がおのれというものにようやく目覚めはじめた遠き昔からな」

ははあっ、と是雄は圧せられた。身震いも止まらない。この神を目の前にして人などにどれほどの値があるものだろう。野原に一輪咲く小さな花にすら劣る。

「花の生は短く、雨や風を防ぐ屋根も架けられぬ。人こそ他の生き物全てを未来へと繋ぐ役割を課せられし者。そう心得よ」

口にせぬのに神がそれに応じた。

是雄の目からどっと涙が溢れた。

「あの剣はそなたの守りの盾となるか、入鹿を葬る鉄槌(てっつい)でもあった。どちらを選ぶかはそなた次第。入鹿よ、承知しておるか」

神は入鹿に問いかけて、

「是雄はそちに、生きよ、と願ったのだ」

それに入鹿は目を丸くした。

神の言葉に是雄も驚いた。なぜか憎めぬ敵と見ていた自分がいたのは確かだ。

「悪鬼と化したそなたの心の片隅に、ほんの僅かではあろうと是雄は救いの火が残りおりしを察したのだ。その火が再び燃え盛ればこの地の温もりとなる、とな」

「必ずや……そうなって見せまする」

入鹿は涙顔で誓った。

「是雄よ。また会おうぞ。天に召される時が来たれば、この入鹿を迎えに遣わそう」

「勿体なきお言葉にござります」

深々と一礼して顔を上げると、場は一変していた。是雄の体は丹内山の大岩の上にあったのである。是雄は慌てて周りを見回した。夢ではなかったかと思ったのだ。

「お師匠さま！」

喜びに満ちた声が下の方から聞こえた。

是雄は声の方角に目を動かした。

社の蔀戸の隙間に甲子丸の顔が見えた。是雄は甲子丸に笑顔で返して、

「もはやことは済んだ。今戻る」

皆の待つところに飛んだ。

重い体を起こした是雄に皆は歓声を発した。是雄は頷きつつ皆を見渡した。堪(たま)らず芙蓉が是雄にしがみついてきた。芙蓉や春風たちには余計な心配をかけまいとして社に姿を見せる前に霊体

となったのである。

「皆の前じゃぞ。よさんかい」

髑髏鬼が芙蓉の肩に乗って喚いた。

「霊体ゆえ心配ないと言うたじゃろうに」

「是雄は身勝手過ぎる」

「是雄の恥となる。女はこれだから困る」

髑髏鬼に皆はどっと笑った。

「戻ったからには勝ったのだな」

道隆が膝を進めて質した。

「神の預りの身となった。これですべてが終わった。入鹿の心を迷わせたのは伴大納言。あの者ばかりは陰府に逆戻り」

その言葉に皆はただただ仰天した。

友たちよ

それから五日が過ぎた昼。

是雄たちは伊勢に向かう船の縁に凭(もた)れ、次第に遠ざかる塩竈の港を眺めていた。この船に春風の姿はない。春風は本来の役目を果たすため出羽の国府へと向かったのだ。昨夜はその春風を送る宴が物部の館で催され、誰もがしこたま飲んだ。いや、昨夜ばかりか入鹿の一件が片付いて以来、ほぼ毎日が同様の賑やかさの繰り返しであった。

「結局我らはなにをしにわざわざ遠い陸奥まで足を運んだのだろうな」

道隆の呟(つぶや)きに夜叉丸も頷いた。

「なに一つ碌(ろく)な働きをせずに終わった。是雄一人で間に合うたことではないか」

夜叉丸の持つ函(はこ)だとて用いていない。

「淡麻呂に里心がついただけではなかったのかの。はしゃぎっぱなしの毎日じゃった」

髑髏鬼に皆は苦笑で頷(うなず)いた。

「が、捨て置いて都から離れずにいれば必ずや疫病に襲われていた」

確かに、と皆も是雄に頷いたものの、働き甲斐のなかったのは確かである。誰もが死を覚悟してのことだった。

「あのまま都で戦っていたならこの中の何人かは命を落としていたはず。この陸奥であればこそ入鹿も真正面からの争いを避けた。陸奥には神が眠っている。我らの命を守らんとして神が選んだ策かも知れぬ」

是雄に皆は、いかにもと得心がいった。

「あるいは反対に入鹿のため、であったかも。こうして皆が打ち揃ってのことゆえ、入鹿も陸奥まで追って来た。入鹿はもともと神が選びし者。無下（むげ）に見捨てはしまい」

「すると我らは誘いの餌か」

髑髏鬼は憮然として喚（わめ）いた。

「それゆえ我々皆が無事で済んだ、とも言えように。そして我らは夜叉丸や幻水という新たな仲間も得られた。それで充分」

いかにも、と髑髏鬼も得心した。

「しかし、こたびの一件、藤原の者たちが何一つ知らず呑気（のんき）に遊び呆けていると思えばなにやら腹が立つ」

夜叉丸に道隆も同意した。

「それでもこのまま陰陽寮（おんみょうりょう）に出仕を？」

「帝や藤原の者たちのために陰陽寮があるのではない。民のためとおれは心得ている。陰陽寮にはこの国の変事のことごとくが知らされる。山奥に一人暮らしおればなにも知らずに終わってしまう。それでは術士の役目を果たせまいに。それに……口にするも憚られしことなれど、なにやら鬼どもは帝や藤原の者たちが好きらしい。探す手間が省けよう」

是雄の返答に皆は大笑いした。

「術士であることに誇りを抱いているが、底の底では術士など要らぬ国になることこそ一番の願い。それが自分にもよく分からぬ」

うーむ、と皆は唸った。

「武人とて同様であろう。手柄を立てるということは、戦場でなんの恨みもない者の命を多く奪うこと。戦さのない世となればたちまち無用の者となる。が、民の側に立てばそれこそが幸せ。幻水もそれに気付いて軍略の学びの虚しさを知ったと言う」

またまた皆は首を縦に動かした。

「もしも温史が昇進して陰陽寮の頭になる頃には、この国に鬼なんぞ一匹もおらなくなっているかも知れんぞ。そうなりゃ腕の見せどころがなくなってしまうの」

髑髏鬼に温史は噎せ返った。

「下手すりゃ手柄を焦って儂を狙いかねん。もっとも儂ぁ是雄と共にあの世へと参るつもりじゃから、手遅れとなる」

「酷いですよ。私だって一生お師匠さまのお側に仕えるつもりで。あんまりだ」

涙顔で温史は返した。

「徳多が悪い！　温史に謝れ」

後ろから声がかかった。淡麻呂だ。

「な、なんじゃいきなり。驚かすな」

髑髏鬼は淡麻呂を振り向いて喚いた。

「呼び捨てもなかろう。儂とうぬとじゃ百以上も歳が違う。徳多の名とて捨てている」

皆はくすくすと笑った。嫌がる様子がおかしくて皆が時々そう呼んでいる。

「船酔いは収まったようだな」

笑顔で是雄は淡麻呂と芙蓉を迎えた。

「入鹿が是雄に別れの挨拶に来た、と」

「淡麻呂のところにか！」

是雄に芙蓉は笑みを浮かべて、

「今後はただの林太郎としてお付き合い願いたい、と。でも林太郎とは？」

芙蓉は口にして小首を傾げた。

「入鹿の本当の名だ。これまでは夜叉丸の持つ函を恐れて明かさなかったのだろう」

「その名を是雄が唱えれば、いつでも手助けに駆けつける、とも」

「悪いやつじゃなかった。絶対だ」

淡麻呂が笑顔で請け合った。

「林太郎どの、居るのでござろう」

是雄は甲板を見渡して口にした。

「もはや敵にあらずと申し上げたはず」

その言葉に応じるごとく入鹿が皆の前に姿を現した。さすがに皆は緊張した。

「神のお許しを得て参った。今こうして居られるはすべてそなたのお陰。どうしてもこれまでの詫びと礼をせねばと思うてな」

入鹿は深々と頭を下げた。

皆は唖然として声一つ上げられずにいる。その凜々しい顔立ちのせいもある。

「我が身の顚末とて、つまりはおのれの慢心によるもの。善き国を作らんとして急ぎ過ぎた。それを善しとせぬ者は愚か者と見て容赦なく切り捨てた。言わば自らが蒔いた種。そなたの言葉、身に沁みたぞ。民を大事とせず、政ばかり正そうとした。民の暮らしなど露ほども知らぬおれが、な」

入鹿の目には光るものが見られた。

「わざわざのお見送り、ありがたく存じまする。陸奥に参った甲斐があり申した」

是雄は姿勢をあらためて一礼した。皆も居並んで入鹿に頭を下げた。

「嬉しいなぁ。今となってはじめて真の友を得た思い。友と呼んで構わぬか？」

「おじちゃんをおいらは好きだ」

淡麻呂が即座に口にした。

それに応じるごとく心地よい春の風が皆の頰に触れ、入鹿の姿が静かに消えた。

「おれも道隆と同様、生涯この是雄と共に歩むと決めたぞ。生きている甲斐がある」

夜叉丸は天に向かって拳を振り上げた。

「上下の差はしかと心得ろよ。儂が上」

髑髏鬼に皆はどっと笑った。

戻る都もそろそろ桜が咲きはじめる頃であろう。是雄は幸福な思いに包まれていた。いつも嬉しき仲間とこうして共にある。

是雄にとってそれ以上の報奨はない。

高橋克彦（たかはし・かつひこ）
一九四七年、岩手県生まれ。早稲田大学卒。八三年『写楽殺人事件』で江戸川乱歩賞、八六年『総門谷』で吉川英治文学新人賞、八七年『北斎殺人事件』で日本推理作家協会賞、九二年『緋い記憶』で直木賞、二〇〇〇年『火怨』で吉川英治文学賞を受賞。本作の主人公・弓削是雄など陰陽師の活躍を描く「鬼」シリーズほか、主著に『炎立つ』、「ドールズ」シリーズ、「完四郎広目手控」シリーズ、「だましゑ」シリーズなど多数。浮世絵研究家としても知られ、『浮世絵鑑賞事典』などの著書がある。

噴怨鬼（ふんえんき）
二〇二三年五月三十日　第一刷発行
著　者　高橋克彦（たかはしかつひこ）
発行者　花田朋子
発行所　株式会社 文藝春秋
〒一〇二―八〇〇八
東京都千代田区紀尾井町三―二三
電話　〇三―三二六五―一二一一
印刷所　図書印刷
製本所　図書印刷
組　版　萩原印刷

ISBN978-4-16-391698-9